世界文学与文化论坛

郝岚　吕超　主编

跨文化视野下的斯坦贝克

王世欣　著

南開大學出版社

天　津

图书在版编目(CIP)数据

跨文化视野下的斯坦贝克 / 王世欣著. —天津：
南开大学出版社，2020.1
（世界文学与文化论坛）
ISBN 978-7-310-05892-1

Ⅰ.①跨… Ⅱ.①王… Ⅲ.①斯坦贝克(Steinbeck,
John 1902－1968)－文学研究 Ⅳ.①I712.065

中国版本图书馆 CIP 数据核字(2019)第 223652 号

跨文化视野下的斯坦贝克
KUAWENHUA SHIYE XIA DE SITANBEIKE

南开大学出版社出版发行
出版人：陈　敬
地址：天津市南开区卫津路 94 号　　邮政编码：300071
营销部电话：(022)23508339　营销部传真：(022)23508542
http://www.nkup.com.cn

天津市蓟县宏图印务有限公司印刷　全国各地新华书店经销
2020 年 1 月第 1 版　　2020 年 1 月第 1 次印刷
230×170 毫米　16 开本　9 印张　2 插页　147 千字
定价：32.00 元

如遇图书印装质量问题，请与本社营销部联系调换，电话：(022)23508339

总　序

　　比较文学作为一门国际性学科，在欧美已有一百多年的发展历史。自 20 世纪初传入中国后逐渐发展壮大，于 80 年代中后期逐渐成为显学。天津师范大学的比较文学教学和研究活动便是在这一背景下展开的。自 1982 年中文系组织编写《比较文学概论》讲义以来，已有三十多年的发展历程。

　　经过中文系相关教师的多年努力，在各级领导和前辈学者的支持下，天津师范大学比较文学学科发展迅速，在 1993 年国务院第五批学位点申报工作中，成功获批为全国最早招生的比较文学硕士点之一①。2003 年，在国务院第九批学位点申报时，该学科顺利获得博士学位授予权。2005 年，"外国文学史"精品课获批国家级精品课，2006 年，该学科成功获批天津市重点学科。2009 年，以该二级学科为基础，文学院中国语言文学一级学科申报设立博士后科研流动站的申请获得批准。2011 年，我校中国语言文学一级学科获得博士学位授予权。

　　"十二五"期间，该学科教学团队共有教师 10 人，其中博士生导师 6 人，高级职称教师占团队人数的 80%。多年来，该团队教师发挥自身在科研和教学等方面的优势，始终以教学为本，潜心科研。在教学、科研、学科建设等重要中心工作中敢挑重担，勇担责任，为学校、学院发展作出了突出贡献。学科团队老中青相结合，学缘结构合理，研究方向全面，学术实力充沛。

　　近年来，团队在科研方面取得了丰硕的成果，获批国家社科基金重大项目 2 项，重点项目 1 项，一般项目 6 项，省部级重点项目 2 项，省部级一般项目 7 项。在第十三届（2014）和第十四届（2016）天津市优秀社科成果省部级奖项中，团队成员共获得一、二、三等奖各 2 项。

　　在努力科研的同时，团队成员也倾心教学，着力提高教学质量，建设精

---

　　① 部分院校原有外国文学硕士点，当时这两个学科尚未合并。1998 年，国家才将原"比较文学""世界文学"合并为"比较文学与世界文学"一个学科。

1

品课程。作为"十二五"综投教学创新团队，本团队原有的国家级精品课"外国文学史"也已成功转型升级并入选"第三批国家级精品资源共享课立项名单"；"比较文学"课程获批天津市级精品课；"中外文学经典与文学精神"成为天津市普通高校"慕课"教学试点课程。在教材出版方面，出版教材20余部，其中"十二五"国家级规划教材4部。指导的学生毕业论文多次获得"天津市优秀博（硕）士学位论文"或"本科优秀毕业论文"，培养了数百名博士和硕士研究生，遍布大江南北，其中相当一部分在国内高等学府任教，成为该领域的学术骨干。

本团队经过多年的努力，获得同行与专家的认可。近年来，团队成员1人获得全国五一劳动奖章；1人入选"教育部新世纪优秀人才支持计划"；3人获得"天津市教学名师"称号；2人获得"霍英东教育基金会高等院校青年教师奖"三等奖及天津市青年教师教学基本功大赛一、二等奖；4人次被评为天津市学科领军人才和天津市高校中青年骨干教师，3人次获天津市"131创新型"第一、二、三层次人才称号；6人次分别赴哈佛大学、牛津大学、斯坦福大学等国际著名大学交流进修。

呈现给读者的这套丛书命名"世界文学与文化论坛"，其出版获得了天津市"十二五"综投教学创新团队的经费支持，也感谢天津师范大学各级相关领导的大力支持。这是我校比较文学与世界文学教学团队多年沉浸于教学科研的特色成果总结。当然，这还只是万里长征的第一步，团队成员将再接再厉，进一步发挥传统优势，融汇创新思维，与时俱进，以科研带教学，用教学促科研，在多方面取得更大的成绩。

天津师范大学"世界文学
与文化论坛"编委会
2017年6月

目　录

导　论 ……………………………………………………………………… 1

第一章　中国文化在美国的传播背景 …………………………………… 5

第一节　儒家思想 ……………………………………………………… 5

第二节　古代诗歌 ……………………………………………………… 8

第三节　禅学 ………………………………………………………… 12

第四节　艺术品 ……………………………………………………… 15

第五节　历史文化和风土人情 ……………………………………… 17

第二章　斯坦贝克作品中的中国文化 ………………………………… 20

第一节　斯坦贝克与中国文化场域 ………………………………… 20

第二节　斯坦贝克与道家思想 ……………………………………… 22

第三节　斯坦贝克与中国灵石 ……………………………………… 41

第四节　斯坦贝克与洋泾浜英语 …………………………………… 49

第五节　斯坦贝克与酒 ……………………………………………… 52

第六节　在美华人生活面面观 ……………………………………… 56

第三章　斯坦贝克作品中的华人形象 ………………………………… 62

第一节　美国主流文化中的华人形象 ……………………………… 62

第二节　中国智者与沉默的羔羊——斯坦贝克笔下的华人形象 …… 68

第三节　文化身份的确认、伪装与重构

　　　　——《伊甸之东》中华裔形象初探 ……………………… 79

第四章　斯坦贝克作品在中国的译介与研究 ………………………… 85

第一节　作家其人及综合研究 ……………………………………… 86

第二节　长篇小说 …………………………………………………… 95

第三节　中篇小说 ………………………………………………… 105

第四节　短篇小说 ………………………………………………… 115

第五节　非小说类作品 …………………………………………… 121

参考文献 ……………………………………………………………………… 124
附　录 ………………………………………………………………………… 131
　　附录一：斯坦贝克年表 ……………………………………………… 131
　　附录二：斯坦贝克主要作品英文、中文对照表 ………………… 134
后　记 ………………………………………………………………………… 135

导　论

　　约翰·斯坦贝克（John Steinbeck，1902—1968）是 20 世纪美国著名作家，1962 年诺贝尔文学奖的获奖者。他离世虽然已有 40 余年，但是，他在美国文学史上的地位却并未消亡，他的作品每年仍能持续卖出约 200 万册，迄今累计已将近一亿册，其中，《愤怒的葡萄》（*The Grapes of Wrath*）、《人鼠之间》（*Of Mice and Men*）是几十年来美国中学生必读的经典作品。

　　斯坦贝克的作品中出现过多处中国形象，然而，国内外评论界对此关注得并不是很多。美国评论家皮特·利斯卡（Peter Lisca）的《罐头厂街：逃向反文化》（*Cannery Row：Escape into the Counterculture*）和罗伯特·S. 休斯（Robot S. Hughes）的《"阳光下的哲学家们"：斯坦贝克的〈罐头厂街〉》（*"Some Philosophers in the Sun"：Steinbeck's Cannery Row*）这两篇论文分别提到了斯坦贝克与道家思想之间的关系。[①]国内学界在这方面的论文主要有陶洁的《赛珍珠、斯坦贝克小说中的华人》[②]，田俊武、高原的《作为精神先知和家庭奴仆的老李——浅析〈伊甸之东〉中怪诞的华人形象》[③]和《斯坦贝克〈罐头厂街〉中的东方主义哲学》[④]，张昌宋的《约翰·斯坦贝克笔下的中国人和中国文化》[⑤]，王世欣的《文化身份的确认、伪装与重构——斯坦贝克的〈伊甸之东〉中华裔形象初探》[⑥]。但是，这几篇论文涉及的只是《罐头厂街》

---

　　① Jackson J. Benson. The Short Novels of John Steinbeck[C]. Purham and London：Duke University Press，1990：111-131.

　　② 陶洁. 赛珍珠、斯坦贝克小说中的华人[N]. 中华读书报，2005-2-23（19）.

　　③ 田俊武，高原. 作为精神先知和家庭奴仆的老李：浅析《伊甸之东》中怪诞的华人形象[J]. 广西大学学报·哲学社会科学版，2006（5）：72-75.

　　④ 田俊武，高原. 斯坦贝克《罐头厂街》中的东方主义哲学[J]. 江汉大学学报·人文科学版，2007（2）：97-100.

　　⑤ 张昌宋. 约翰·斯坦贝克笔下的中国人和中国文化[J]. 外国语言文学，2008（3）：200-203，261.

　　⑥ 王世欣. 文化身份的确认、伪装与重构：斯坦贝克的《伊甸之东》中华裔形象初探[J]. 2009（30）：85-87.

（Cannery Row）和《伊甸之东》（East of Eden）这两部作品中的中国形象，笔者发现斯坦贝克的其他作品，如《愤怒的葡萄》《烦恼的冬天》（The Winter of Our Discontent）等作品中也都涉及中国形象，而他的许多作品都可以看作是中国古代道家思想的遥远回声。

斯坦贝克的作品中为什么会出现如此之多的中国形象，这是很值得探讨的，笔者认为，主要有以下几个方面原因。

第一，斯坦贝克有较多机会接触中国人和中国文化。19 世纪中叶以来，中美之间的文化交流日益频繁，而斯坦贝克的家乡加利福尼亚又成为在美华人最主要的聚居区之一，斯坦贝克在这个地方生活了近 30 年，结识了许多华人，对加利福尼亚的华人史十分了解。根据斯坦贝克在《小说日志：有关〈伊甸之东〉的信件》中的记述，他曾经阅读过大量有关加利福尼亚华人的资料。另外，在挚友爱德华·里科兹影响之下，他还阅读过不少有关中国文化的书籍，从中获得了很多灵感和启悟。

第二，他的精神气质以及世界观、人生观、价值观和美学观等方面与道家思想存在许多契合之处，因此很容易与之产生共鸣。斯坦贝克是一个敏感腼腆、沉默寡言、喜欢安静、不愿争强好胜的人，即使成名以后，他也表现得十分低调，不喜欢抛头露面，而是更多地过着亲近自然的、保持真性情的生活，这与道家提倡的"致虚守静""道法自然""天人合一"的生活理想十分接近；另外，对自然生物的研究、人类社会的洞察以及道家思想的接受也使他逐步形成了看待世界和人生的整体观、多样观和平衡观。

第三，对现实的不满使他很自然地将目光投向了东方，而中国文化又是东方文化的典型代表之一。"史坦贝克的文学生涯，从头至尾可以说是一部抗议社会的小说。"[①]在 1960 年 9 月 30 日给妻子伊莱恩的信中，斯坦贝克写道："整个世界正在一天天地发生着变化。这种变化印证了斯宾格勒所预言的西方的没落。"[②]经历了 1929—1933 年的经济大萧条和两次世界大战，面对资本主义制度下人们精神世界的衰落以及生态环境的破坏，斯坦贝克像许多西方的有识之士一样，转而到东方文化中去寻找济世良方。在《罐头厂街》中，

---

① 杰姆斯·格雷. 史坦贝克小传[M]//史坦贝克小说杰作选. 杨耐冬，译. 台北：志文出版社，1982：40.

② Demotte Robert. Steinbeck's Reading: A Catalogue of Books Owned and Borrowed[M]. New York: Garland，1984：104.

他歌颂了一种在世界大破坏冲击下渐行消失的生活方式,这里民风淳朴,"道"是维系人与人之间和谐关系的纽带;在《甜蜜的星期四》(*Sweet Thursday*)中,他又借小说人物之口对《老子》推崇备至①;在《烦恼的冬天》中,他让主人公伊桑将那块从中国带来的灵石当作护身符,每当处于紧张、彷徨、迷惘、无助时,伊桑就会用手指抚摸它的花纹,从而获得一股神秘的力量。于是,中国文化便成为斯坦贝克寄托理想的乌托邦。

第四,斯坦贝克一向倡导不同文化之间的相互交流,他希望不同种族、不同民族的人之间能够相互理解、友好相处,"他相信普天之下,人人应该不分彼此,一视同仁"②。美国是个多民族的移民国家,而其中盎格鲁-撒克逊人占主导地位。19世纪中叶,德国人、爱尔兰人都是美国土生白人排斥的对象,后来中国移民也遭受歧视,斯坦贝克对这种现象予以谴责:"起初,我们对待我们少数民族的方式是令人发指的,就像小学校里高年级学生欺负低年级新生一样。由于新移民是如此地温顺谦卑,穷困潦倒,人数又少得可怜,所以,必须解除对他们实行的那种机械性的压迫和虐待。"③斯坦贝克的祖父是德国移民,外祖父母是爱尔兰移民,因此,他对华人在美国遭受的不公平待遇表示同情,并主张各民族人民之间彼此敞开心扉、消除误解。在《伊甸之东》中,爱尔兰人汉密尔顿和华人老李成为忘年之交,白人女孩阿布拉认老李作自己的父亲,斯坦贝克通过这些感人的情节打破了种族和民族之间的界限,从而实现了自己的美好愿望。

在这些原因的共同作用下,斯坦贝克多次对中国形象予以关注和表现,其中不乏个人想象和集体想象,同时也包括误读、改写和重构,在这个过程中,他既坚持了自己独立的立场,又不可避免地在一定程度上受到主流文化的影响,因此,解读他笔下的中国形象就变成一件十分复杂的工作。

中国译介斯坦贝克作品的历史可以追溯到全面抗战时期,1939年,斯坦贝克创作的长篇小说《愤怒的葡萄》出版后即成为当年的最佳畅销书,1940年获得普利策最佳小说奖和美国畅销书协会奖,消息很快传到了中国,他的小说、剧本、游记等也陆续被译介到中国,有些作品的中译本竟在一年间出现了至少5种,而作家的中文译名在1940—1949年这10年间也竟有十几种

① Steinbeck John. Sweet Thursday[M]. New York:Penguin Group,1996:20.

② 杰姆斯·格雷. 史坦贝克小传[M]//史坦贝克小说杰作选. 杨耐冬,译. 台北:志文出版社,1982:7.

③ 斯坦贝克. 美国与美国人[M]. 黄湘中,译. 广州:花城出版社,1989:5.

之多。不少著名的文学期刊，如《西书精华》《时与潮文艺》，在其创刊号上就刊载了有关斯坦贝克的译介文章；许多著名的翻译家也都加入译介斯坦贝克的队伍中来，例如胡仲持、董秋斯、赵家璧、叶君健、冯亦代、秦似、钱歌川等；许多著名的出版社也都助力斯坦贝克作品的中译本出版，例如中华书局、开明书店、新知书店、上海晨光出版公司等；许多著名的报纸也都刊登了斯坦贝克新书的广告和评论，如《大公报》《申报》《益世报》《新华日报》《解放日报》等；根据斯坦贝克的小说改编的电影也在一些大城市上映，难怪茅盾先生在1945年发表的《近年来介绍的外国文学》一文中称："在当代美国作家中，这一位犹太人血统的作家恐怕是最能引起我们的热心的。"[1]为什么当时的中国大地会掀起"斯坦贝克热"？"斯坦贝克热"在中美交流史、文学史、翻译史、出版史、戏剧史、电影史、革命史等领域的研究中都具有哪些意义？这非常值得我们深思。幸而王建开的专著《五四以来我国英美文学作品译介史（1919—1949）》[2]和张珂的论文《20世纪40年代斯坦贝克小说在中国译介述评》[3]对当时的译介情况作了较为详细的梳理和评介，具有开创之功，为进一步的研究和分析奠定了基础。不过，笔者在查阅新中国成立前的相关翻译、介绍和研究情况后，发现在斯坦贝克最早被介绍到中国的时间及其作品传播的媒介、内容、影响等方面，还有进一步补充、修正和探讨的必要，例如，目前有据可查的斯坦贝克最早被介绍到中国的时间是1930年而非1940年，因此，笔者决定通过本书来尽量弥补这一缺憾，同时也为后来者提供一个更为坚实的研究基础。

---

① 茅盾. 茅盾文艺杂论集[M]. 上海：上海文艺出版社，1981：1064.

② 王建开. 五四以来我国英美文学作品译介史（1919—1949）[M]. 上海：上海外语教育出版社，2003.

③ 张珂. 20世纪40年代斯坦贝克小说在中国译介述评[J]. 楚雄师范学院学报，2007（7）：63-69，84.

第一章　中国文化在美国的传播背景

早在 16 世纪，中国文化就通过政治、经济的往来和《马可·波罗游记》（*The Travels of Maco Polo*）引起了西方的兴趣，到了 17、18 世纪，中国的哲学思想，特别是儒家思想通过耶稣会来华教士的书信报告和零星的翻译，对欧洲的启蒙运动产生了重大的影响，中国的一些文学作品也被翻译到欧洲，在欧洲的文学界产生了很大反响，于是，欧洲人开始认识到中国文化的价值所在，从而掀起了一股"中国风"，谈论中国的历史与哲学、诗歌与戏剧、茶叶与瓷器、园林艺术与装饰风格成为风尚。欧洲的"中国风"也传到了美国，18 世纪中叶以后，经由英国东印度公司转运过来的中国的瓷器、丝绸、茶叶等生活用品就已经出现在美国上等人家。在费城，模仿中国的建筑风格并陈设大量中国工艺品的"中国退隐园"（Chinese Retreat）亦令不少美国人叹为观止。18 世纪末，美国商人开始了对华贸易，但由于当时清政府实行的是闭关锁国的政策，美国与中国的贸易往来还十分有限。中美文化之间大量、直接而亲密的接触始于 19 世纪中叶，在此之前，美国对中国文化的印象主要来自欧洲，此后，美国人开始亲自感受、研究、吸收和传播中国文化，其方式主要包括经典的翻译、学者的评介、作家的文学创作、来华传教士的见闻札记、教育文化机构的推广、民间组织的弘扬等，而这些无疑都作为一个大背景出现在斯坦贝克的生活中，与斯坦贝克的创作有着直接或间接的联系。因为斯坦贝克去世于 1968 年，所以笔者对这一问题的考察就截止到 20 世纪 60 年代末期。

第一节　儒家思想

在中国的哲学著作中，儒家经典首先受到西方人的关注，美国人对儒家思想的了解主要来自欧洲学者的翻译和著述。18 世纪末 19 世纪初，最早在美国传播的儒家经典包括两种法文译本、一种拉丁文译本，还有大量英文译本。英文译本主要有乔舒亚·玛什曼（Joshua Marshman）翻译的《孔子的著作》（*The Works of Confucius*，1809），大卫·科利（David Collie）翻译的《中国古典：通称四书》（*The Chinese Classical Work: Commonly called the Four Books*，1828），无名氏编辑的《凤凰：古代奇文拾遗集》（*The Phoenix: A collection of Old and Rare Fragments*，1835），以及由詹姆斯·理雅各（James Legge，1814—1897）译著的几乎包括了儒家所有经典作品的《中国经典》（*The Chinese Classical Works*，1861）。20 世纪四五十年代，中国作家、学者林语堂在《中国印度之智慧》（*The Wisdom of India and China*，1942）一书中收录了他本人翻译的孔子的格言（编选自《论语》），理雅各翻译的《尚书》（节选）、《孟子》（节选）；辜鸿铭翻译的《中庸》（经林语堂重新编辑）。美国学者克利尔（Herrlee Glessner Creel）出版了介绍儒家哲学的著作《孔子，其人与其神话》（*Confucius, the man and the Myth*，1949），美国诗人庞德也出版了根据包斯埃的法文本翻译的《大学》《中庸》和《论语》。

由于儒家思想是中国哲学中的一个重要组成部分，一些介绍中国哲学的书籍中也多有关于儒家思想的章节，其中，在美国影响较大的有英国汉学家阿瑟·威利（Arthur Waley）所著的《古代中国的三种思想方式》（*Three Ways of Thought in Ancient China*，1939），克利尔所著的《中国主义：中国世界观演变研究》（*Sinism: A Study of Evolution of the Chinese World View*，1929），摩尔（Russell Franklin Moore）等人所著的《东方哲学》（*Oriental Philosophies*，1951），林语堂的《生之重要》（*The Importance of Living*，1937），冯友兰的《中国哲学史》英译本（1937 年出版于北平，1948 年后数次重版于美国），柳无忌的《儒家哲学简史》（*A Short History of Confucian Philosophy*，1955）和《孔子的生平与时代》（*Confucius, His Life and Time*，1955）。

拉尔夫·沃尔多·爱默生（Ralph Weldor Emerson，1803—1882）和亨利·大卫·梭罗（Henry David Thoreau，1817—1862）的超验主义思想的形成就得益于儒家思想的启迪。爱默生是美国 19 世纪伟大的诗人、文学家、思想家，他的理论和思想对美国文化和美国文学产生的影响是巨大而深远的，因此被称为"美国的孔子"。1836 年，自从第一次接触乔舒亚·玛什曼翻译的《孔子的著作》之后，他就与儒家思想结下了不解之缘，由于他的思想与孔子有很多契合之处，因此，他不仅阅读了大量儒家经典，还在不同场合引用过上百条孔子和孟子的语录，创造性地接受了儒家的思想，在1845年的日记中，他盛赞孔子："孔子，民族的光荣。孔子，绝对的东方圣人。他是个中间人。他是哲学中的华盛顿、仲裁人，现代史中的中庸之道。"①

梭罗是美国的浪漫主义散文家和诗人，同时也是爱默生思想的追随者和实践者。梭罗通过阅读儒家经典的英译本和法译本，对其中的许多观点产生了认同，并在自己的代表作《瓦尔登湖》（*Walden*）中引用了这些观点，据常耀信统计，在这部著作中，他"引用《四书》达十处之多，每条引言都使用得恰到好处"②。从儒家著作中，梭罗获得了很多启示和理论支持，例如，怎样做一个君子，怎样培养坚强的意志、忍受清贫的生活，等等。

斯坦贝克的阅读书目中就有爱默生的散文随笔和梭罗的《瓦尔登湖》及其他著作，他在《〈科尔特兹的航海生活〉的航海日志》（*The Log from the "Sea of Cortez"*）中提到了爱默生的超灵理论，"目前所做的任何调查将要使这些微生物显现出来，否则它们将不为人所知，正如爱默生在一百年前《论超灵》中谈论的那样"③。美国评论家弗雷德里克·I.卡朋特和中国学者田俊武也都认为，斯坦贝克的创作受到了爱默生超验主义的影响④，由此推之，他有可能从爱默生和梭罗那里间接地接触了儒家思想，当然，更为切近的是，我们发现在他的阅读书目中就有林语堂《中国印度之智慧》（*The Wisdom of India and China*，1942）一书中收录的《论语》《尚书》《孟子》《中庸》的节选篇章。

中国古代哲学中的儒、道两家思想对美国文学的影响都很大，具体到斯坦贝克本人，他受道家思想的影响颇深，而对儒家思想的接受似乎并不多，笔者只在他的长篇小说《伊甸之东》中看到一句："孔夫子教导人们应该怎么生活以取得幸福和成功。"这句话出自其作品中华人老李之口，紧接着是另一句话，"但是这几节话——简直是通向星星的梯子"⑤。"这几节话"指的是《圣经》中上帝对该隐讲的话，言下之意是老李认为圣经中的思想比孔夫

① 刘岩. 中国文化对美国文学的影响[M]. 石家庄：河北人民出版社，1999：53.

② 常耀信. 中国文化在美国文学中的影响[J]. 外国文学研究，1985（1）：47.

③ Steinbeck John. Sea of Cortez: A Leisurely Journal of Travel and Research[M]. Mount Vernon, N. Y: Paul P. Appel Publisher，1941：150.

④ 田俊武. 约翰·斯坦贝克的小说诗学追求[M]. 北京：中国社会科学出版社，2006：52.

⑤ 约翰·斯坦贝克. 伊甸之东[M]. 王永年，译. 上海：上海译文出版社，2004：346.

子的思想更具启迪作用，而我们知道，老李在小说中又是以斯坦贝克的代言人身份出现的，斯坦贝克在《小说日志：有关〈伊甸之东〉的信件》中曾经说过，"他（老李）进入这部书的一个原因是我需要他，这本书需要他的目光、他的评论，比我的更为公正、超然。……李的态度，要说有什么区别的话，比我的更明朗"①。在这本书中，他还将老子与柏拉图、基督和释迦牟尼并称，认为这四位伟大的思想家的地位是不容置疑的，由此可以推测，斯坦贝克对以孔子为代表的儒家思想不是非常推崇，这恐怕是因为"对于这个好斗世界的及时问题而言，读老子的著作要比读孔子的著作更为重要"②。通常来看，道家思想受到美国人的关注要晚于儒家思想，但对美国人的影响并不亚于儒家思想，这一点我将在第二章中作详细论述，此处不多言。

第二节　古代诗歌

中国的诗歌具有悠久的传统，19 世纪末 20 世纪初曾被大量介绍到美国，极大地推动了美国的诗歌运动，是中国文化西传产生的重要成果之一。美国新诗运动的主要参考书目有英国汉学家翟理斯（Herbert A. Giles，1845—1935）编著的《中国文学史》（*A History of Chinese Literature*，1901）和法国龚古尔学院女院士柔迪特·戈蒂叶（Judith Gautier，1845—1917）翻译的《玉书》（*Le Livre de Jade*，1867）等。《中国文学史》是西方第一本详细完整地介绍中国文学的著作，其系统地介绍了中国文学的发展历程，整部书的重点放在推介中国古典诗歌上。《玉书》在美国的影响也非常大，曾多次被转译成英文，新诗运动时期美国人如饥似渴地阅读这本书，接触到了王维、李白、杜甫、苏轼等人的作品。后来，中国古代诗歌的英译本在美国越来越多，其中，影响较大的有美国诗人艾兹拉·庞德（Ezra Pound，1885—1972）翻译的《神州集》（*Cathay*，1915），英国汉学家阿瑟·威利（Arthur Waley，1888—1966）翻译的《170 首中国古诗》（*170 Chinese Poems*，1919），美国汉学家威特·宾纳（Witter Bynner，1881—1968）与当时任教于美国加州大学伯克利分校的

---

① Steinbeck John. Journal of a Novel: The East of Eden Letters[M]. New York: Viking Press，1969：73.

② 林语堂. 中国印度之智慧（中国卷）[M]. 西安：陕西师范大学出版社，2006：8.

中国学者江亢虎合作翻译的《群玉山头》（*The Jade Mountains*，1920）（即《唐诗三百首》），美国意象派女诗人艾米·洛厄尔（Amy Lowell，1874—1925）和女汉学家弗劳伦斯·艾斯库（Florence Ayscough，1878—1942）一起合作翻译的中国诗集《松花笺》（*Fir-Flower Tablets*，1921），等等。一些中国的学者和翻译家也加入中诗英译的队伍中，例如蔡廷干编译了《唐诗英韵》（*Chinese Poems in English Rhyme*），其中附有中文原诗，1923 年由芝加哥大学出版社出版。另外，还有一些诗人的专集被翻译成英文，如日本留美学者小畑薰良（Obata Shigeyosji，1888—1971）翻译的《李白诗集》（*The Works of Li Po，the Chinese Poet*，1928），弗劳伦斯·艾斯库翻译的《杜甫：诗人的自传》（*Tu Fu，the Auto biography of a Chinese Poet*，1929），庞德翻译的《诗经：孔子所审定的古典诗集》（*Shih-Ching，The Classic Anthology：Defined by Confucius*，1954），等等。

从美国学者罗伯特·J. 狄莫特检索到的斯坦贝克阅读书目来看，斯坦贝克本人曾接触过不少中国古诗的英译本，如《170 首中国古诗》《松花笺》《李白诗集》，弗劳伦斯·艾斯库（Florence Ayscough，1878—1942）翻译的《杜甫：诗人的自传》，还有林语堂的《中国印度之智慧》中收录的海伦·德尔、翟理思、理雅各翻译的《诗经》中的一部分诗歌，阿瑟·威利翻译的屈原的《大招》，威特·宾纳翻译的李白的一部分诗歌，吉纳维夫·温莎特（Genevieve Wimsatt，1882—1967）翻译的鼓词《孟姜女哭长城》等。

阿瑟·威利是英国著名的汉学家、翻译家、作家和诗人，人称"没有到过中国的中国通"。[①]他早年在剑桥大学学习期间曾师从迪肯森（G. L. Dickingson，1862—1932）和摩尔（G. E. Moore，1873—1958），在这两位学者的影响下，威利树立了研究东方文化的志向。大学毕业后，他没有遵从犹太家庭经商的传统，而是到大英博物馆东方部当了一名馆员，负责整理中国敦煌书画和雕刻工作，并自学中文和日文。1929 年，他离开博物馆，全身心投入了翻译著述工作中。由阿瑟·威利翻译的《170 首中国古诗》共分两部分：第一部分为先秦至明末的古诗 111 首，其中，楚辞有《国殇》，唐诗有陈子昂的《登幽州台歌》、王绩的《春桂问答二首》和《题酒家壁》、元结的《石鱼湖上作》《治风诗》，等等；第二部分为白居易诗 59 首。诗集用无韵的自由

---

① 马祖毅，任荣珍. 汉籍外译史[M]. 武汉：湖北教育出版社，2003：229.

体英语译成，文字优美，忠实于原著，在英语世界中影响很大。

艾米·洛厄尔和弗劳伦斯·艾斯库合作翻译的《松花笺》收录了 100 多首英译中国古诗，为了便于西方读者理解，译本的前言中用了将近 40 页的篇幅介绍了中国的历史发展脉络和文学成就，赋、律诗等不同文体的特点，李白、杜甫等著名诗人的创作风格以及诗中常见意象，如花草树木、神仙鬼怪、亭台楼阁的文化内涵。译者在翻译的过程中没有过多考虑原有的韵律，而是将关注的重点放在了每个汉字的意思上，刻意追求意象的呈现，有时甚至采用"拆字法"（split-up），分解汉字结构组成的意义，以此来作为诗歌的意象，当然这样不免会破坏诗歌的意境并产生误译，不过，书中有些语言还是非常优美的。这本集子在 20 世纪 20 年代具有一定的影响，此书出版不久即被抢购一空，同年又出了第二版。

小畑薰良（1888—1971）出生于日本大阪府一个富裕农家，其父通汉学，在小畑薰良学习假名以前就开始教他学习《论语》。青年时期，小畑薰良赴美留学，在哥伦比亚大学研究生院学习期间翻译出版了《李白诗集》。小畑薰良翻译的《李白诗集》是第一部李白作品集的英译本，同时也是一部中国古诗散体意译风格的代表作。这部诗集于 1922 年 10 月由纽约达顿出版社出版，1923 年 4 月出第二版，同年英国伦敦登特出版社也印行了此诗集，1928 年达顿出版社又出了第三版（斯坦贝克阅读的就是这个版本）。后来，此书又被印行几次，颇受西方读者欢迎。此书共收录了 124 首李白诗，其他唐朝诗人撰写的与李白有关的诗歌 8 首（其中包括杜甫诗 4 首，李适之、贾至、崔宗之、白居易诗各 1 首），与李白相关的史料、参考文献、索引等。在序言中，小畑薰良对他翻译《李白诗集》一事作了详细说明，也谈了他对诗歌翻译的见解。导读部分主要讲述了李白的生平及其时代、写作背景，并评论了李白诗歌。小畑薰良翻译的这部诗集融翻译和研究、作品与资料为一体，比较完整地介绍了李白及其诗歌，在英语世界产生了积极、持久的影响。在小畑薰良翻译这部诗集的过程中，冯友兰、杨振声等人曾提供过帮助。1926 年，闻一多、小畑薰良、徐志摩等人围绕这部诗集在《晨报》副刊开展了一场关于翻译问题的讨论，提出的主张在当今仍有借鉴意义。对于小畑薰良的这个译本，闻一多先生在《英译李太白诗》中评价道："书中虽然偶尔也短不了一些疏忽的破绽，但是大体上看起来，依然是一件很精密、很有价值的工作。"①吕叔湘先生也曾在《中诗英译笔录序言》中评价过这部英译诗集的特色："小畑之译太白诗，常不为貌似，而语气转折，多能曲肖。"②

弗劳伦斯·艾斯库翻译的《杜甫：一位中国诗人的传记》分为上、下两卷，分别于 1929 年和 1934 年出版。两卷书译有杜甫诗 530 首，是根据清代杨伦的《杜诗镜铨》译出的。"此书用杜诗串结，讲述杜甫生平，体例很特殊，误译相当多，但影响很大。"③

中国古典诗歌对 20 世纪的美国诗坛产生了重要的影响，1915 年，诗人庞德在新诗运动的代表刊物《诗刊》上发表的文章中说，中国诗"是一个宝库，今后一个世纪将从中寻找推动力，正如文艺复兴从希腊人那里找推动力"④。中国诗歌启发了意象派诗人庞德、艾米·洛厄尔和诗人、剧作家兼评论家托马斯·斯特恩斯·艾略特（T. S. Eliot，1888—1965）的诗歌理论和创作，以及威廉·卡洛斯·威廉斯（William Carlos Williams，1883—1963）、沃雷斯·史蒂文斯（Wallace Stevens，1879—1955）和维切尔·林赛（Vachel Lindsay，1879—1931）等诗人的诗歌创作。另外，20 世纪五六十年代出现在美国的黑山派、垮掉派、新超现实主义等诗歌流派也都或多或少地从中国诗歌中汲取了营养。

庞德是美国著名诗人、评论家和翻译家，现代诗歌的奠基人，同时也是许多文艺思潮的倡导者和中国文化的传播者，对儒学、汉字和中国古典诗歌的深入研究丰富了他的诗歌创作和诗歌理论。庞德用近半生的时间来阅读、翻译、推广儒学，认为在其倾注了毕生心血研究的长诗《诗章》（The Cantos）中，孔子哲学是贯穿全诗的主导精神。另外，他还在《诗章》中直接引用汉字达 90 余个，这在当时的美国诗坛不能不说是个创举了。⑤以字代义，用汉字作为儒家思想的表征，这种做法使他紧紧抓住了儒家思想的某些精髓。早在 1914 年，他就在《格利柏》（Glebe）杂志上发表了四首"仿中国诗"，从《诗章》第 49 章中，我们也可以看出，他在写作手法上明显地借鉴了中国古典

① 闻一多．神话与诗[M]．天津：天津古籍出版社，2008：265．
② 马祖毅，任荣珍．汉籍外译史[M]．武汉：湖北教育出版社，2003：245．
③ 赵毅衡．诗神远游[M]．上海：上海译文出版社，2003：155．
④ 赵毅衡．诗神远游[M]．上海：上海译文出版社，2003：17-18．
⑤ 张子清．美国现代派诗歌杰作：《诗章》[J]．外国文学研究，1998（1）：84．

诗歌：

> 雨，荒江，旅人。
> 冻云，闪电；豪雨，暮天。
> 小舟中孤灯。
> 芦苇沉重，低垂。
> 竹林萧萧，似在泣诉。[①]

这种意象并置的写法常常出现在中国古诗中，例如"枯藤老树昏鸦，小桥流水人家"，连用几个名词，不用动词、系词或连接词，这种意象并置的写法同时也实践了庞德提倡的诗歌美学，即通过语言直接表现物象以及物象本身包含的意蕴。庞德之后，不少意象派诗人也纷纷效仿这种写法，一时间，意象派变成了"中国风"的另一种称呼。1919 年 2 月，美国诗人桑德堡在美国新诗运动的代表刊物《诗刊》（*Poetry*）上发表的称赞庞德的长文中提到了中国文化具有的亲近感："读了《神州集》，我们意识到中国精神之近，就好像是我们的隔壁邻居，是在这颗古老又古老的行星上的同路侣伴。"[②]

庞德的名字对于斯坦贝克来说应该是比较熟悉的，斯坦贝克的阅读书目中就有庞德的诗。

第三节　禅　学

禅宗是中国佛教的派别之一，以专修禅定为主，在南朝宋末由天竺的菩提达摩来华传授禅法而创立，后经达摩而慧可、僧璨、道信、弘忍至六世分为北方神秀的"渐悟说"和南方慧能的"顿悟说"两宗，但后世唯有"顿悟说"盛行，由于其主张不立文字，教外别传，直指人心，见性成佛，修持方法简单易行，日渐兴盛，宋明理学亦受其影响。南宋以后，禅宗传入日本，再经日本传入美国。禅宗传入美国最早可以追溯到 19 世纪末。1893 年，在芝加哥召开的世界宗教会议上，日本代表释宗演作了题为《佛教的要旨兼

---

① 丰华瞻. 意象派与中国诗[J]. 社会科学战线，1983（3）：300.
② 赵毅衡. 诗神远游[M]. 上海：上海译文出版社，2003：41.

因果法》的讲演，这次演讲在会议上引起了很大的反响。1905 年，美国旧金山的罗素夫妇到日本镰仓请释宗演传授禅宗。第二年，他们一行三人来到美国各大城市宣传禅宗，释宗演的弟子释宗活则受师傅的委派在加州说法，并在旧金山创立禅中心，招收弟子近 50 人。1927 年，释宗演的高足铃木大拙（Suzuki Daisetz Teitaro，1870—1966）用英文发表了《禅宗佛教论文集》（*Essays in Zen Buddhism*），此书曾多次再版，在美国乃至整个西方世界产生了很大影响。美国学者怀特称此书在西方的出版为人类文化史上的一件大事，其意义不亚于文艺复兴时期对古希腊柏拉图、亚里士多德著作的译介。1928 年，释宗演的弟子佐佐木指月来到美国说禅，并于 1930 年在纽约建立"美国佛教协会"，1945 年，协会更名为"美国第一禅堂"。1929 年，释宗演的徒弟千崎如幻在洛杉矶创立了一个传禅中心，中川宗渊等人又成立了"洛杉矶加州菩萨会"，并促成了"罗契斯特坐禅"和"禅宗研究会"的创立。1934 年，铃木大拙又发表了《禅宗和尚之修炼》（*The Training of the Zen Buddhism Monk*）和《禅宗导论》（*An Introduction to Zen*）。另外，一些痴迷禅宗的美国人也来到日本的圆觉寺，现场聆听释宗演大师传授禅法。

受经济大萧条和第二次世界大战的影响，禅宗在美国的传播曾一度中断。从 20 世纪 50 年代起，铃木大拙继续弘扬禅法，从而在美国掀起了一股"禅学热"。1950 年至 1958 年，铃木在美国各地进行有关禅宗的演讲，并在哥伦比亚大学讲授禅学。此外，他还与美国学者卡鲁斯合作，翻译了大量的禅宗典籍，用英文写了不少介绍禅宗的著作，例如《依照禅生活》（*Living by zen*，1950）。1958 年，他决定定居美国，在旧金山安家落户，并成立了坐禅小组，同他的弟子一起修炼，后来又发展建立了另外两个修禅地点。从此，铃木大拙把他的全副精力投入教导弟子修禅之中，直到 1966 年因患癌症逝世。在他的大力推动下，禅宗中心在美国的罗彻斯特、纽约、洛杉矶、旧金山等地不断涌现，它们出版各种期刊，从事禅法训练和东方文化研究。斯坦贝克的阅读书目中就有铃木大拙的专著《禅宗佛教论文集》。

另外，出生于黑龙江双城的宣化禅师也于 20 世纪 50 年代由香港赴美传授禅法，在旧金山创建了"中美佛教总会"，并建起了万佛城、金山禅寺、金轮寺等多处道场。美国本土的禅学家艾伦·瓦茨（Alan Wilson Watts，1915— ）也对禅学在美国的普及作出了贡献。他从年轻时就开始研究禅学，先后出版了几本弘扬禅道的书：《禅的精神》（*The Spirit of Zen*，1936）、《禅学新纲要》

（*Zen Buddhism，a New Outline and Introduction*，1947）、《禅》（*Zen*，1948）和《禅之道》（*The Way of Zen*，1957），这些书籍迎合了美国 20 世纪五六十年代的反文化思潮，因此被称为"美国式讲禅"①。

"禅宗热"影响到了美国的"垮掉的一代"（Beat Generation）。"垮掉的一代"也称"垮掉派"，出现于 20 世纪 50 年代，是第二次世界大战后在美国兴起的一个社会文学运动。当时一批家境优越、受到过良好教育的青年文人对战后的美国社会怀有失望和不满的情绪，主张无政府主义，反对传统和主流的价值观念，拒绝承担任何家庭和社会义务，追求一种各行其是、互不干扰、及时行乐的放荡生活，自称"没有目标的反叛者，没有口号的鼓动者，没有纲领的革命者"。"垮掉派"文学的先驱人物是塞林格（J. D. Salinger，1919—2010），代表人物是小说家杰克·凯鲁亚克（Jack Kerouac，1922—1969）和诗人阿兰·金斯堡（Allen Ginsberg，1926—1997）等。

20 世纪 50 年代，禅宗风靡美国，一部分"垮掉派"作家和诗人开始到东方游历，研究佛教，有的甚至真正侍奉禅宗，修行禅定，静坐默想，以求得精神解脱，例如诗人加里·斯奈德（Gary Snyder，1930— ）和韦伦（Philip Whalen，1923—2002）就选择了出家修禅。禅宗思想使他们从自我表现转变为静静地观察和思考，他们试图重新找到一套等值的价值系统，以超越自身强烈的自我意识。

塞林格是美国当代小说家，他生于美国纽约的一个犹太商人家庭，拘谨好静、不善交际，15 岁时就读于一个军事学校，后来又先后到三个学院学习，都中途辍学，其间还有学习制作火腿和经商的经历。他于 1942 年至 1946 年在军队做反间谍工作，复员后回到纽约，开始研究禅宗思想。1951 年，长篇小说《麦田里的守望者》（*The Catcher in the Rye*）的发表使他声名大振，而他为了追求清静安宁，在新罕什尔州的乡间买下了依山傍水的 90 多亩②土地，在山顶盖了一所小屋，周围种了许多树木，外面还拦上了 6 英尺半③高的铁丝网，并装上了警报器，从此过上了深居简出、与世隔绝的生活，以实现禅宗的生活理想。我们在他的许多作品中也能发现禅宗思想对他的影响，在格拉斯家庭系列小说《九故事》（*Nine Stories*，1953）、《弗兰妮与祖伊》（*Franny*

---

① 赵毅衡. 诗神远游[M]. 上海：上海译文出版社，2003：327.

② 1 亩约等于 666.67 平方米，90 亩约等于 60000 平方米。

③ 1 英尺＝0.3048 米，6 英尺半约等于 2 米。

and Zooey，1961）和《抬高房梁，木匠们/西摩：小传》（*Raise High the Roof Beam，Carpenters；and Seymour：An Introduction*，1963）中，他塑造了西摩这个接受了禅宗思想的圣人形象，这三本书几乎可以看作是一个西方禅宗大师（西摩）与弟子们（西摩的六个弟妹）的习禅语录。

斯坦贝克曾经阅读过塞林格的《麦田里的守望者》和《弗兰妮与祖伊》，他觉得自己能够理解前者，而对后者则不大肯定，也许是这篇小说中只可悟不可说的禅意令斯坦贝克摸不着头脑吧。另外，他还阅读过凯鲁亚克的《在路上》一书，并认为"垮掉派"对语言的实验和创新很有意义。[①]

第四节　艺术品

20世纪初，中国的艺术品大量流入美国，充实了美国的博物馆，丰富了美国人的收藏。这些承载着中华五千年文化的艺术品令美国人大开眼界，引起了他们对中国文化的兴趣，同时激发了很多文人墨客的创作灵感和介绍中国文化的欲望，例如，新英格兰诗人朗费罗（Henry Wadsworth Longfellow，1807—1882）写过《中国瓷器》（*China Ware*），而洛厄尔就是因为看到了中国画上配的中国诗，才萌发了和汉学家弗劳伦斯·艾斯库一起合作翻译中国诗集《松花笺》（*Fir-Flower Tablets*，1921）的想法。

卡尔·桑德堡（Carl Sandburg，1878—1967）是芝加哥派最负盛名的诗人，他的作品曾经获得1919年和1920年的美国诗歌奖和1950年的普利策奖。桑德堡十分热爱中国的文化，他曾写过一首题为《青铜》（*Bronzes*）的诗，歌咏中国的青铜器：

青铜

他们让我抚摸青铜器
这是中国的子孙们保存的，
三千年已经过去

① Demott Robert．Steinbeck's Reading：A Catalogue of Books Owned and Borrowed[M]．New York：Garland，1984：64.

自从他们的父亲

燃起火，熔铸，锤炼，

制作了这些青铜器。

明，周，

还有其他朝代，

都已消逝，留在密码文字里，

王朝裹上一层层

古金色，古黄色——

它们眼看自己被裹起。

让三千年

巨轮转动

不断向前滚动。

然后让一个诗人

（一个诗人就足够）

抚摸这些青铜器

谈起这些朝代

并且让他们消逝。①

　　斯坦贝克的小说中也谈到了一些中国的艺术品，例如《伊甸之东》中提到的盘龙花纹的乌木盒子、玉纽扣等。其中，玉纽扣还在书中起到了联结中美人民友谊的作用。美国白人女孩阿布拉认华人老李为父亲，老李送给阿布拉的礼物是一件首饰，也是一件艺术品——一颗墨绿色的小玉纽扣，"上面雕刻着人的一只右手图形，手指弯弯，形态安详，十分可爱"。阿布拉对这件礼物爱不释手，她"看了一会儿，然后用舌头舐湿，轻轻地擦着她那丰满的嘴唇，又把那块冰凉的玉石贴在脸颊上"②。这件礼物是老李的母亲传给他的，而他又以此表达了一位中国父亲对美国女儿的爱，于是，这颗小玉纽扣便凝结着三代人深深的情意，将他们紧紧地连接了起来。

---

① 赵毅衡. 远游的诗神[M]. 成都：四川人民出版社，1985：135-136.

② 约翰·斯坦贝克. 伊甸之东[M]. 王永年，译. 上海：上海译文出版社，2004：663.

第五节　历史文化和风土人情

18 世纪，英国有一批作家通过阅读相关资料，对中国文化产生了浓厚的兴趣，并在文学创作中加以表现，著名的散文家、剧作家、诗人、学者约瑟夫·艾迪生（Joseph Addison，1672—1719）就是其中的代表。他受过良好的教育，学识渊博，风度儒雅，见多识广，推崇古典美，曾经游历过许多国家。他对中国文化中的孝道、园林、瓷器和茶饮等方面的兴趣主要来自 17 世纪末来华的法国耶稣会士李明（Louis-Danie Le Comte，1655—1728）的《中国现势新志》以及各种有关中国的记载和报道，他在《闲谈者》和《旁观者》这两份报纸上发表了许多赞扬中国文化的文章，旨在倡导高尚的审美趣味和树立正统的社会道德观念，实现教育启蒙。例如，他建议英国人在建造园林的时候像中国人一样师法自然，摆脱园林艺术中人工化的痕迹。又如，他十分欣赏中国的孝道，希望英国的中产阶级也能够有所借鉴，从而形成广泛的道德风尚。这位作家也同样为斯坦贝克所喜爱，在《斯坦贝克携犬横越美国》一书中，斯坦贝克这样写道："很小的时候，我就爱上了约瑟夫·艾迪生，这份喜爱一直到现在都没有改变。他把玩文字就像卡萨尔斯演奏大提琴一样熟练。我不知道是不是他影响了我的散文风格，但是我真的希望如此。"卡萨尔斯（Pablo Casals，1876—1973）是西班牙著名的大提琴家、指挥家和作曲家，斯坦贝克将约瑟夫·艾迪生与之相比，并且希望自己的散文风格受到这位在英国 18 世纪文坛赫赫有名的作家的影响，足见他对约瑟夫·艾迪生散文的熟悉和喜爱。

斯坦贝克还曾阅读过约翰·沃尔夫冈·冯·歌德（Johann Wolfgang von Goethe，1749—1832）的《歌德谈话录》和其他 5 部作品。歌德，这位德国的文化巨人，一生始终与中国文化保持着密切的联系。早在幼年时期，他就生活在陈设着中国描金红漆家具、印有精巧中国图案的壁幔的环境里。成年后，他学习中国书法，设计"中国庭院"，接触到儒家的经典和大量西译的中国文学作品，并以中国文学为研究对象，做了一些翻译和理论探索工作，如在《歌德谈话录》中将中国传奇和法国诗人贝朗瑞（Pierre Jean de Béranger，1780—1857）的诗进行对比。此外，他还尝试着融合中西诗学进行创作，"他创作的组诗《中德四季晨昏杂咏》就将中国风物和情调植入了诗行"。有些西方学者认为，"诗中直接捕捉感官印象以组织生动画面的技巧，类似于中国的孟浩然和林逋"①。歌德在谈到中国人时曾说："中国人在思想、行为和情感方面几乎和我们一样，使我们很快就感到他们是我们的同类人。他们还有一个特点，人和大自然是生活在一起的。你经常听到金鱼在池子里跳跃，鸟儿在枝头歌唱不停，白天总是阳光灿烂，夜晚也总是月白风清。"②"视中国人为同类人""中国人崇尚天人合一"等思想无疑影响了斯坦贝克对中国文化和中国人的看法以及他的文化观，这一点我们在他的《伊甸之东》《罐头厂街》等作品中可以深切地体会到。

在 20 世纪上半叶，还有两位作家的作品集中体现了中国的文化和风土人情，并致力于介绍中国文化，在美国产生了比较大的反响，那就是赛珍珠（Pearl S. Buck，1892—1973）和林语堂。赛珍珠的前半生几乎都是在中国度过的，因此她对中国怀有深厚的感情，视中国为第二故乡，她的创作从中国文化中获益良多。在诺贝尔文学奖颁奖仪式上所作的演讲中，她以《中国小说》为题，明确地指出了中国古典小说的价值以及自己的感激之情："我最早的小说知识，关于怎样叙述故事和怎样写故事，都是在中国学到的。今天不承认这点，在我来说就是忘恩负义。不过，完全为了个人原因在诸位面前说中国小说这个题目倒是有些冒昧。还有另一个原因我觉得完全可以这样做。这就是我认为中国小说对西方小说和西方小说家具有启发意义。"③从 1930 年至 1950 年，她创作的 15 部长篇小说和两个短篇小说集全部是关于中国的，其中最著名的"大地三部曲"，即《大地》（*The Good Earth*，1931）、《儿子们》（*Sons*，1932）和《分家》（*A House Divided*，1935）对中国古典白话小说的模仿十分明显，例如，《大地》中的"开门见山"式和"无所收场的收场"的写作手法，《儿子》对《水浒传》中人物描写的模仿，等等。1932 年，《大地》一书获普利策奖，并成为畅销书而不断再版。1933 年，她将 70 回本的《水浒传》翻译成英文，名为《四海之内皆兄弟》（*All Men Are Brothers*），在《水浒传》的西译史上占有重要地位，曾多次再版。1936 年，美国艺术学院因为该三部曲授予她豪威尔斯勋章，1937 年，她被选为该学院的院士。1938

---

① 周发祥，李岫. 中外文学交流史[M]. 长沙：湖南教育出版社，1999：189.

② 爱克曼. 歌德谈话录[M]. 朱光潜，译. 北京：人民文学出版社，1991：112.

③ 赛珍珠. 大地三部曲·附录[M]. 王逢振，等译. 桂林：漓江出版社，1998：956.

年，她获得了诺贝尔文学奖。另外，赛珍珠还在她丈夫理查德·沃尔什主编的《亚洲》杂志上以编辑和撰稿人的双重身份介绍了中国文化和中国现代文学，老舍和鲁迅等一批进步作家的作品都在这本杂志上刊登过，在她的大力推荐下，老舍的《骆驼祥子》英译本得以在美国出版，并成为美国 20 世纪40 年代的畅销书。由于赛珍珠在中美文化交流中作出了巨大的贡献，美国总统尼克松称其为"一座沟通东西方文明的人桥"。

应赛珍珠夫妇之约，1936 年，中国学者、作家林语堂来到美国。从 1935 年开始，林语堂陆续用英文发表了介绍和评价中国文化的著作《吾国吾民》（*My Country and My People*，1935，又译《中国人》）、《生活的艺术》（*The Importance of Living*，1937）、《孔子的智慧》（*The Wisdom of Confucius*，1938）、《中国印度之智慧》（*The Wisdom of Indian And China*，1942）、《老子的智慧》（*The Wisdom of Lao Tse*，1949）等，其中，《吾国吾民》1935 年曾在美国四个月内连印七版，成为当年的畅销书；《生活的艺术》出版后高居 1938 年美国畅销书榜首达 52 周。另外，他借鉴《红楼梦》创作的反映现代中国的长篇小说《京华烟云》（*Moment In Peking*，1939）使他获得了诺贝尔文学奖的提名。斯坦贝克的阅读书目中就有赛珍珠的《大地》和林语堂的《中国印度之智慧》。

第二章　斯坦贝克作品中的中国文化

第一节　斯坦贝克与中国文化场域

除了短暂的国外旅行和访问之外，斯坦贝克的一生几乎都是在美国度过的，他对中国文化的了解主要来自在美国本土的所见所闻，在上一章中，笔者已经从宏观的角度概括了中国文化在美国的传播情况及其对斯坦贝克的影响，在这一章里，笔者将镜头拉得更近一点，将从微观角度探究使中国文化影响到斯坦贝克的中介。当代法国著名的社会学家、文化批评家皮埃尔·布尔迪厄（Pierre Bourdieu，1930—2002）曾经提出过一个著名的"场域"概念，它指的是经济、社会、文化、象征领域建构自身的方式或空间，或主体活动的特定社会空间。这里笔者借用这一概念来分析为斯坦贝克提供直接影响的中国文化空间，即"中国文化场域"。其主要途径包括书籍、唐人街、在美国的华人、挚友爱德华·里科兹等，这些共同构成了一个斯坦贝克身边的中国文化场域。

从美国学者罗伯特·J.狄莫特检索到的斯坦贝克阅读书目来看，斯坦贝克本人曾接触过不少有关中国文化的书籍，其中包括《道德经》和许多中国古诗的英译本，如阿瑟·威利翻译的《170首中国古诗》、艾米·洛厄尔和弗劳伦斯·艾斯库一起合作翻译的中国诗集《松花笺》、小畑薰良翻译的《李白诗集》、弗劳伦斯·艾斯库翻译的《杜甫：诗人的自传》。另外，他阅读过的书目还有林语堂的《中国印度之智慧》、塞缪尔·B.格里菲思（Samuel. B. Griffith，1906—1983）翻译的《孙子兵法》（*The Art of War*，1963）、哈罗德·兰姆（Harold Lamb，1892—1962）的《成吉思汗》（*Genghis Khan*，1927）、亚历山德拉·大卫·尼尔（Alexandra David Neel，1868—1969）的《西藏的神奇魅力》（*Magic and Mystery in Tibet*，1932），以及《马可·波罗游记》等，这些书籍是斯坦贝克了解中国文化的主要渠道之一。

斯坦贝克一生中大部分时间生活在加利福尼亚州和纽约市，这两个地方是美国华人较多的地区，从 19 世纪末就形成了唐人街，唐人街的华人在语言、饮食、服饰、风俗等方面仍保持了很多中国特色，因此，在这里，人们可以感受到中国文化的气息。唐人街上华人们多讲广东话或普通话，街上的商店、餐馆和戏院都写有中文招牌，商店里面经营的商品多来自中国本土，其中包括茶叶、工艺品、中草药、中国字画和中文报纸杂志等。唐人街上中餐馆林立，菜肴品种繁多，味美价廉，不但深受华人欢迎，而且常常令白人垂涎欲滴。威廉·肖在《金色的梦和醒来的现实》一书中就曾提及旧金山的中国餐馆"小盘送上，极为可口"，"连这些菜是什么做成的都顾不上问了"[①]。唐人街上的华人服饰与国内基本统一，清代时，男人多留辫子，工人头戴斗笠，身穿土布低领大襟衫，商人则头戴瓜皮小帽，身穿长袍。民国后，他们则剪掉辫子，改穿对襟短衣。唐人街上的华人基本保持着在国内的一些风俗习惯，例如清明扫墓、端午吃粽子、中秋节吃月饼、亲人死后运回家乡安葬等，特别是到了春节，唐人街上照例要举行庆祝活动，"节日里爆竹喧天、五彩斑斓的龙舞、狮舞、音乐和其他表演充满异国情调，令美国人赏心悦目"[②]。斯坦贝克对美国的唐人街，特别是旧金山的唐人街应当是很熟悉的，他在《伊甸之东》《罐头厂街》等小说中多次提到了唐人街。

在与华人交往的过程中，斯坦贝克也接受了中国文化的影响。在《小说日志：有关〈伊甸之东〉的信件》中他写道："我认识许多中国人，出色的加利福尼亚的中国人。"[③]他还记述了一件有趣的事：斯坦贝克的左手掌上有一颗棕色的痣，而左脚大致相应的位置还有一颗，一位华人知道后兴奋地告诉他，按照中国手相术的说法，手掌上的痣意味着好运，而他脚上的那颗痣则意味着加倍幸运。斯坦贝克循着这个思路想到，从一年半以前开始，他的痣颜色开始加深，这意味着运气转好，他有了爱妻伊莱恩，如果痣的颜色持续加深，那没准就意味着他将有一本书问世，这里他指的就是正在写作的长篇小说《伊甸之东》。

爱德华·里科兹（Edward Ricketts，1897—1948）是一位海洋微生物学家，同时也是一位中国文化的爱好者，斯坦贝克阅读过的《道德经》《170 首

① 龚伯洪. 广府华侨华人史[M]. 广州：广东高等教育出版社，2003：274.

② 陈依范. 美国华人史[M]. 北京：世界知识出版社，1987：246.

③ Steinbeck John. Journal of a Novel：The East of Eden Letters[M]. New York：Viking Press，1969：17.

中国古诗》《杜甫：诗人的自传》《李白诗集》和《松花笺》等书籍都是从他那里借来的。自从 1930 年秋两人结识以来，就经常在一起探讨自然科学和人文科学领域的话题，并且一同访问加利福尼亚湾，合著《科尔特兹的航海生活》。这段友谊保持了将近 20 年之久，直至里科兹遭遇车祸身亡。里科兹对斯坦贝克的影响是其他人无法相比的，他是斯坦贝克哲学和文学上的导师，斯坦贝克小说中的许多人物形象都是以他为原型创作的。

第二节　斯坦贝克与道家思想

一、道家经典的西传

关于道家，《辞海》上讲："道家指的是以先秦老子、庄子关于'道'的学说为中心的学术派别。"道家之名，最早见于汉朝司马谈的《论六家要旨》，这本书里称道家为"道德家"。此后，《汉书·艺文志》里将这一派别改称为道家，并将它列为"九流"之一。老子是道家的创始人，庄子继承和发展了老子的思想。比庄子略早或同时，有一些学说和道家的思想比较接近，如杨朱的"全性葆真"说，宋钘、尹文的"情欲寡浅"说，彭蒙、田骈、慎到的"弃智去己"说，都被称为道家别派。其后，道家与名家、法家相结合，成为黄老之学。东汉末年产生的道教吸收了道家思想，并奉老子为教祖。魏晋时玄学盛行，王弼、何晏用老子思想解释儒家经文，促成了儒道融合。佛教传入中国后，又有学者用老庄诠释佛典，称之为"格义"。道家思想是中国传统文化的一个重要组成部分，在哲学、文学和艺术等方面产生了深远的影响。

道家思想的代表作是《道德经》（又称《老子》）和《庄子》。老子生活在春秋末期，据《春秋左氏传》记载，这是一个"礼崩乐坏"的时代，随着社会生产力的发展，人们的私心贪欲不断膨胀，周天子逐渐失去权威，诸侯国之间战争频仍，诸侯国内部的权臣之间也相互倾轧。与此同时，新的社会思潮也随之产生，人是受上天主宰的观念已经开始受到怀疑，人们希望对自然能够有一个正确的认识，以便摆脱上古神学体系的束缚，《道德经》就是在这样一个历史背景下应运而生的。庄子生活在战国初期，这同样是一个动荡不安的时代，群雄争霸，天下割据，诸子争鸣，百家竞起，各种社会矛盾复杂而尖锐。庄子博学纵览，在老子学说的基础上，逐步形成了他独特的哲学体系，从而创立了庄子学派，其主要思想凝结于《庄子》一书。

西方人接触到道家的经典是在 18 世纪末。大约在 1750 年，《道德经》的欧译本出现。1842 年，由汉学家儒莲（Stanislas AignanJulien，1797—1873）翻译的法文《道德经》的全译本在巴黎正式出版。1868 年，出现了由英国传教士理雅各翻译的《道德经》的第一个英译本，此后到 20 世纪 60 年代，《道德经》的英译本多达 40 多种。据陈鼓应先生讲："近代以来，西方学人迻译外国典籍，最多是《圣经》，其次就是《老子》。"斯坦贝克本人曾阅读过德怀特·戈达德（Dwight Goddard，1861—1939）翻译的老子的《道德经》（*Tao The Ching*，1935）和林语堂翻译的《道德经》（收入《中国印度之智慧》一书中）。19 世纪末，《庄子》一书的两个英译本都出自名家之手，一本是由翟理斯（Herbert Giles，1845—1935）翻译的，另一本则是理雅各翻译的。20 世纪以来，《庄子》的英译本也日渐增多，斯坦贝克接触到的译本是由林语堂在翟理斯的译本基础上翻译的，亦收入《中国印度之智慧》（1942）一书中。

二、营养剂、解毒剂和安慰剂

西方世界在经历了文艺复兴的洗礼后，以浮士德精神为代表的积极进取、永不满足的人生观成了时代的主流，而道家则主张无为不争、知足知止，集中体现了一种不同于西方的东方精神，给西方人送去了"另类思维"，两种不同思维方式的碰撞形成了许多新的思想，从而滋养了西方人的精神之树。20 世纪，在经历了两次世界大战后，西方人开始对传统的价值观和宗教信仰产生了怀疑，并对未来的前途感到困惑和迷茫，他们试图摆脱这种困境。在这种求索的心态下，西方人将目光投向了东方，希望从东方的哲学中寻求精神价值，于是，道家思想成为一批西方人关注的重点。林语堂在译著《道德经》序言中说："谁要是问我在东方文学和哲学中可以找到什么解毒剂，去疗治这一论争的现代世界那根深蒂固地笃信武力和斗争可以获得权力的念头，我会说出大约在 2400 年前写就的这本'五千言'小书的书名。因为老子（大约生于公元前 570 年）有能耐让希特勒和梦想统治世界的其他人显得愚蠢可笑。"[①]随着资本主义的不断发展，人类对大自然的过度开发和索取最终导致

---

① 林语堂. 中国印度之智慧（中国卷）[M]. 杨彩霞，译. 西安：陕西师范大学出版社，2006：13.

了能源危机和生态危机，人与自然的关系处在紧张之中。生态学开始重建自然概念，强调人与自然的亲缘关系，力图恢复自然的生命与神秘性，恢复自然界的多样性与不可还原性。美国物理学家弗·卡普拉在《非凡的智慧》一书中说："在伟大的精神传统中，在我看来，道家提供了最深刻并且最完善的生态智慧，它强调在自然的循环中，个人和社会的一切现象和潜在两者的基本一致。"[①]西方自进入工业化社会以来，科学技术迅猛发展，生活节奏越来越快，人们被异化的程度也越来越高，贫富的悬殊刺激着欲望不断膨胀，人们在对名利的追逐中渐渐迷失了自我，发出了"我是谁？从哪里来？到哪里去？"的呼喊，而道家思想则能为他们找回失落的精神家园，安慰他们疲惫、受伤和空虚的灵魂。

在这样一个大的背景下，近现代以来，西方的思想界和文学界都对道家思想产生了浓厚的兴趣。德国哲学大师黑格尔（1770—1831）哲学体系的形成就受益于中国古代的道家思想。黑格尔从法国汉学家雷缪萨（Rémusat，1788—1832）的著作中了解到了老子，同时也接受了雷缪萨本人关于老子和道家的一些观点。在《哲学史讲演录》中，黑格尔将老子看作古代东方世界的精神代表，并专门讨论了《老子》中的"道"和"无"两个基本概念。黑格尔认为"道"既是理性、尺度，又是含有肯定性的"无"。因为，在道家看来，绝对的原则、一切事物的起源及最高者乃是"无"，这种"无"并不是人们通常说的无或无物，乃是远离一切观念、一切对象——也就是单纯的、自身同一的、无规定的、抽象的统一。因此，这"无"同时也是肯定的。这就是我们所谓的本质。黑格尔对于"道"的这种理解和他在哲学体系中用来指作为一切存在的共同本质和根据的那种无限的、客观的思想、理性或精神的"绝对理念"是一致的，而他所说的作为"道"之特征的"无"则和他在《小逻辑》等著作中所讲的"纯有""纯粹的'有'就是'无'"观点是一致的。因此，可以说，他的"绝对理念"和"纯粹的'有'就是'无'"的思想受到了道家思想的影响。

俄国的作家、思想家列夫·托尔斯泰（Leo Tolstoy，1828—1910）对中国文化有着浓厚的兴趣，他曾经仔细研读过孔子、孟子和老子等中国古代思想家的著作，编著过《孔子生平及其学说》（1904）一书，并且翻译和评介过

---

① 楼宇烈，张西平. 中外哲学交流史[M]. 长沙：湖南教育出版社，1998：570.

《道德经》，为儒道思想在俄国的传播作出了贡献。1891 年 11 月，彼得堡一位出版家写信询问列夫·托尔斯泰：世界上哪些作家和思想家对他的影响最大？他回答说中国的孔子和孟子对其影响"很大"，老子则是"巨大"。他在1884 年 3 月 10 的日记里，有这样的记载："做人应该像老子所说的如水一般。没有障碍，它向前流去；遇到堤坝，停下来；堤坝出了缺口，再向前流去。容器是方的，它成方形；容器是圆的，它成圆形。因此它比一切都重要，比一切都强。"1884 年 3 月 27 日，他又在日记中提道："我认为我的道德状况是因为读孔子，主要是读老子的结果。"著名的"托尔斯泰主义"的形成就有儒道思想的影响。

瑞士心理学家、精神病学家荣格（C. G. Jung，1875—1961）从道家思想中获益匪浅，这与他的朋友德国汉学家卫礼贤（原名理查德·威尔海姆，Richard Wilhelm，1873—1930）有很大关系。荣格阅读了由卫礼贤翻译的道家修炼入门书《太乙金华密旨》和带有佛家修炼色彩的《慧命经》，从中受到很大的启发，并欣然为上述两书的翻译作心理学的评论，这些内容放在一起，合称为《金花的秘密：关于生命的中国书》（*The Secret of the Golden Flow-er: a Chinese Book of Life*）。在《金花的秘密：关于生命的中国书》中，荣格的评论几乎占据了全书一半的内容，全面展现了他从心理学的角度对于中国文化的理解与吸收。

荣格崇尚中国的道家哲学，荣格曾一度隐居于苏黎世的波林根他自己设计和建造的塔楼中，身着"道袍"，亲身体验道家的生活，希望以此能够获得对道家的正确理解。荣格认为，"道"的状态就是世界之初，事物还无所谓始。这种状态正是大智大慧者所努力要获得的。中国的"道"与他的无意识心理学之间有着内在的联系，阴和阳两极对立统一的原则，正是一种原型意象。《心理类型》（1921）是荣格最主要的代表作之一，其中提到了这本书与道家思想的关系，荣格说："论述类型的这本书使我洞悉，单个的人所作出的每一判断是由他的人格所制约的，而且每一种观点都必定是相对性的。这便产生了必须对这种多样性进行补偿的统一性的问题，于是它便把我直接引导到中国的'道'的观念上了。"[①]1996 年，美国心理分析学家戴维·罗森教授出版

---

① 荣格. 回忆 梦 思考：荣格自传[M]. 刘国斌，杨德友，译. 沈阳：辽宁人民出版社，1988：352.

了一本专著《荣格之道》（*The Dao of Jung*）[1]，其中详细地探讨了荣格与道家的关系。美国著名剧作家、1936 年诺贝尔文学奖得主尤金·奥尼尔（Eugene O'Neil，1888—1953）的戏剧创作也深受道家思想的影响。奥尼尔从少年时期就向往东方文化，1928 年 11 月他曾与妻子到中国上海访问。通过阅读爱默生和梭罗的著作，他发现"西方个体主义和道德感与东方泛神论和神秘论同时并存"[2]。他曾经直接阅读过关于中国文化，特别是道家思想的书籍。他在信中对好友卡品特说："老庄的神秘主义比任何别的东方思想更能引起我的兴趣。"[3]在《札记》中，他用大量篇幅记载了老子对人们过分追求物质而轻视精神生活的谴责，并对老子提倡的隐士生活十分欣赏，1937 年，他在加利福尼亚的丹维尔修建了一座中国式住宅，将其命名为"大道别墅"（Tao House，又译"道庐"或"道舍"），作为自己隐居的场所。道家思想对奥尼尔的创作产生了很大的影响，他的许多剧作，都或多或少地体现出了道家的精神。

罗宾逊·杰弗斯（Robinson Jeffers，1887—1962）在美国新诗运动阶段开始写诗，1916 年，他因厌恶战争携妻子隐居到太平洋的卡梅尔海岸。20 年代，诗集《泰马及其他诗篇》（*Tamar and Other Poems*）的发表使他一举成名。赵毅衡认为，他的诗歌与道家思想有契合之处，如《夏天的假日》表现了命运短暂、人生无常，仿佛老子所说的："飘风不终朝，骤雨不终日"，"天地尚不能久，而况于人乎？"（《老子·二十三章》）

美国诗人桑德堡的诗歌也体现出了道家思想的影响。他的两首名诗《冰冷的墓》（*Cool Tombs*）和《草》（*Grass*）中都表达了道家的齐生死观，而另一首长诗《人民，是的人民》几乎是老子"大音希声"的译解。[4]

三、斯坦贝克与道家思想的契合

斯坦贝克对道家思想的代表人物老子十分推崇，在《甜蜜的星期四》中，他提及了老子，"谁敢说他没有得益于《老子》或者《薄伽梵歌》或者《以赛

① David Rosen. The Dao of Jung [M]. New York：Penguin Putnam，1996.

② 詹姆斯·罗宾森. 尤金·奥尼尔和东方思想：一分为二的心象[M]. 郑柏铭，译. 沈阳：辽宁教育出版社，1997：72.

③ 刘岩. 中国文化对美国文学的影响[M]. 石家庄：河北人民出版社，1999：224.

④ 赵毅衡. 诗神远游[M]. 上海：上海译文出版社，2003：316.

亚先知》"①，在《小说日志：有关〈伊甸之东〉的信件》中他将老子与柏拉图、基督和释迦牟尼并称。关于斯坦贝克和道家哲学的联系，中外学者的研究已有所涉及，美国著名的斯坦贝克研究专家皮特·里斯卡认为老子的《道德经》为斯坦贝克的小说提供了思想源泉，②另一位美国评论家罗伯特·S.休斯也认为"斯坦贝克对传统价值的颠覆源于老子的《道德经》"。中国学者的文章中也有相似的观点。③斯坦贝克对道家哲学的了解和认识很大程度上源于他对道家经典的阅读以及这些欧美思想家和文学家对道家哲学的论述、阐发和描写，除此之外，他对道家哲学的兴趣也与挚友爱德华·里科兹的影响分不开，里科兹对道家哲学十分着迷，斯坦贝克在《罐头厂街》塑造的颇显道家之风的海洋生物学家多克就是以他为原型的。另外，斯坦贝克喜爱的中国诗人李白，其人其诗也颇具道骨仙风。以上主要是促成斯坦贝克接受道家思想的外因，而究其内因，他本人在精神气质、世界观、人生观、价值观和美学观等方面与道家思想有着许多契合之处，因此，他才从中得以寻求支持、获得启悟、汲取营养。

（一）精神气质的契合

斯坦贝克是一个生性腼腆、沉默寡言、喜欢安静、不愿争强好胜的人。他的神经比较敏感，很容易紧张，他曾经说过："我最大的缺点就是不会放松——至少对自己是这样。我不记得在我的一生中曾经放松过。就连睡觉时，精神也是紧张的，只要有一点动静我就会猛地惊醒过来。"④即使是声名大噪后，他也一直表现得很低调，不喜欢抛头露面，接受采访或参加过多的社交活动，拒绝了很多高等学府授予他的博士学位。他喜欢过接近自然的宁静生活，一生中的大部分时间都住在湖边或海边，而这样的生活方式非常接近于道家提倡的"致虚守静""天人合一"的体道状态，这使他能够从紧张、焦虑和疲惫的状态中解脱出来，并且从大自然中获得灵感，对从事文学创作十分有益。

---

① John Steinbeck. Sweet Thursday[M]. New York：Penguin Group，1996：20.

② Jackson J. Benson. The Short Novels of John Steinbeck[C]. Durham and London：Duke University Press，1990：114.

③ 方杰. 斯坦贝克"蒙特雷小说"中的人生哲学[J]. 外国文学评论，1999（2）：85-88. 田俊武，陈梅. 人，诗意地栖居：简论斯坦贝克喜剧小说的主题和结构模式[J]. 西安外国语学院学报，2004（2）：46-49. 张昌宋. 约翰·斯坦贝克笔下的中国人和中国文化[J]. 外国语言文学，2008（3）：200-203.

④ 乔治·普林顿. 约翰·斯坦贝克[J]. 文艺理论与批评，1987（5）：142.

早在 1945 年，斯坦贝克就已获得诺贝尔文学奖的提名，但是对此项荣誉，他并无奢望，更没有为此而积极活动。根据沃伦·弗伦奇在斯坦贝克的传记中记述：1962 年 10 月下旬的一天晚上，他在长岛赛格港的家中正过着安静的日子，从电视里得知自己获得了诺贝尔文学奖。他本人告诉记者，他并非真正应该获得此奖。[①]正如他年轻时能够将标枪投得很远，但从没有介意过是否投得最远。这种"有意练功、无意成功"的生活态度也符合道家所主张的顺乎自然和恬淡无待。

斯坦贝克虽然创作过很多严肃题材，但他的身上始终保持着儿童般的天真，他对新奇的事物怀有极大的兴趣，常常搞一些小发明、小创造，他的好友纳撒尼尔·本奇利曾记得，有一次，斯坦贝克萌发了用报纸、水和面粉在搅拌器中制造纸浆的主意，兴奋地在厨房里大喊大叫。除此之外，他还很喜欢儿童玩具，经常到家门口的玩具店里闲逛，有时会买上一支玩具手枪送给妻子作为礼物。道家遵循自然之道，崇尚自然之美，讲求"法天贵真""抱朴守真""返璞归真""见素抱朴"，其中，"素"指的是没有染色的丝织品，"璞"指的是没有雕琢的玉，两者皆强调要保持人的自然本性，拒绝社会的异化，而人的自然本性更多地在孩子身上表现出来，如果表现在成人身上，我们会说是"童心未泯"，甚至会说那是"孩子气"，然而正是所谓的"孩子气"才能抒发成人的真性情，并且使之保持敏锐的观察力和无穷的创造力。

作为一个具有高度责任感的作家，斯坦贝克认为"净化心灵，传播信仰，鼓舞斗志才是作家的天职"，"伟大的作品应该是一个值得信赖和探讨的东西。在坎坷的人生中它是智慧，是对懦弱者的支持和鼓励"。[②]的确，我们从他的作品中可以看出，"他的同情心是站在被压迫的、不能适应的和受挫折的人一边"，[③]而道家思想主要就是为处在逆境中的失败者提供精神上的支持和鼓励，让他们认识到世间事物所遵循的对立转化的规律，教他们如何积蓄能量，未雨绸缪，从一点一滴做起，循序渐进，夯实基础，并能以柔克刚，随遇而安，知足知止。如果是竭尽全力，确无回天之力，那么就"知其不可奈何而安之若命"（《庄子·人间世》)，清心寂神，离形去智，忘却生死，"夫大

---

① 沃伦·弗伦奇. 约翰·斯坦贝克[M]. 王义国，译. 沈阳：春风文艺出版社，1995：21.

② 乔治·普林顿. 约翰·斯坦贝克[J]. 文艺理论与批评，1987（5）：138.

③ 宋兆霖.《诺贝尔文学奖文库》授奖词与授奖演说卷（上）[C]. 杭州：浙江文艺出版社，1998：437.

块载我以形，劳我以生，佚我以老，息我以死。故善吾生者，乃所以善死也"（《庄子·应帝王》）。

（二）观念的契合

1.整体观

道家哲学认为，世界是一个统一的整体，而"道"是其统一的基础和本源，老子说："道生一，一生二，二生三，三生万物。"（《老子·四十二章》）天下万物皆由道化育而成，它们是道的不同形态、不同方式的体现。如果进一步划分的话，"域中有四大"，"道大、天大、地大、人亦大"（《老子·二十五章》）。天、地、人和道是宇宙中四种伟大的事物，它们共同组成一个有机的整体。因此，在道家哲人的眼中，人与人之间、人与天地万物之间应当是一种平等、和谐、共生的关系。"天地与我并生，而万物与我为一。"（《庄子·齐物论》）"自其异者视之，肝胆楚越也；自其同者视之，万物皆一也。"（《德充符》）

斯坦贝克通过对海洋生物的研究以及对道家哲学的接受也渐渐领悟到：自然界是一个有机的系统，而其中的每一种生物也都自成系统，虽然它们有各自不同的运行方式，但是系统和系统之间，系统和它的组成部分之间休戚相关，只有相互支持、相互配合才能保证大小系统之间及其内部的和谐与发展。他以艺术家和群体之间的关系为例，来描述这种关系："艺术家就是群体的发言人。当一个人听到伟大的音乐，看到伟大的绘画，读到伟大的诗篇的时候，他便会将自己熔铸于群体之中。我不需要描述由这些艺术引起的激情，但是毋庸置疑，这是一种将个人与群体融为一体的感情。人在与世隔绝的时候是孤独的，乃至于会死掉，而从群体之中，他可以源源不断地获得生活的必需品。"[①]斯坦贝克希望人与人之间、人与天地万物之间能够和谐相处，共同创建一个合于道的世界。

（1）人与人之间的和谐相处

道家哲学试图打破贵贱、亲疏、从属、主仆的界限以及二元对立的局面，从而实现"天下为一体，众人为一家"的大同理想。老子认为，圣人之道应当超越世俗的利害关系，"不可得而亲，不可得而疏；不可得而利，不可得而

---

① Steinbeck Elaine，Robert Wallsten. John Steinbeck. A Life in Letters[M]. New York: The Viking Press，1975：80-81.

害；不可得而贵，不可得而贱"（《老子·五十六章》），以开阔和包容的心胸去对待一切人和事，最终达到化解矛盾、缓和对立的"玄同"境界，因此，他反对那些使人类日益走向分裂对立的社会制度。通过阅读斯坦贝克的作品，我们发现，他是以具体而丰富的故事情节、人物形象来表达相同思想的。

斯坦贝克认为，人类世界和其他生物世界一样，其组成成员之间都存在着一种相互依存、和谐共生的关系，因此，他在小说《罐头厂街》中歌颂了一种在世界大破坏冲击下而消失的生活方式。在这里生活着各色各样的人，海洋生物学家多克、杂货商李中、穷画家昂里、流浪汉马克一伙人、妓院老鸨多拉和她的姑娘们，他们虽然在社会地位、经济状况等方面存在着很大的差异，但是都天性善良、互相帮助、知恩图报，在这里，"道"是维系人与人之间和谐的纽带，"道"使这里一直保持着淳朴的民风。

小说中最能体现道家精神的人物是多克和李中。多克是一位海洋生物学家，在罐头厂街上有一个西部生物实验室，实验室中的生物包罗万象，既有海绵、海葵、海星等海洋生物，也有蜘蛛、蜗牛、猫等陆地动物，甚至还有制成标本的小胎儿，"你可以向西部生物实验室订购任何一种有生命的东西，而且迟早一定能得到"[①]。在采集生物时，他采取了兼收并蓄的态度；对待罐头厂街上的人，他也一概宽厚包容、热情相助。马克有一次为了向多克借一块钱而编了一大堆谎话，多克虽然听出来他在说谎，但没有计较，还是给了他一块钱，结果马克没有花，拿着过了夜就还给了多克。多克的做法正是遵循老子所说的："善者，吾善之；不善者，吾亦善之；德善。信者，吾信之；不信者，吾亦信之；德信。"（《老子·四十九章》）斯坦贝克通过这段情节说明善与不善不仅是相对的，而且是可以相互转化的，如果一味指责不善，则无助于把不善转化为善。只有以"道"的包容万物的胸怀去善待不善者，以德报怨，才有可能使不善者向善。[②]多克略通医术，谁家有了小病小灾，都爱找他帮忙，因此不仅仅是马克，凡是认识他的人都对他感恩戴德，凡是想到他的人接着都要考虑："我真该为多克做些好事。"因此，当马克等人给多克筹备宴会时，大家都积极响应。这正应了《道德经》中的一句话："圣人不积，既以为人己愈有，既以与人己愈多。"（《老子·八十一章》）虽然多克与

---

① 约翰·斯坦贝克. 斯坦贝克选集·中短篇小说选·二：罐头厂街[M]. 李玉陈，译. 北京：人民文学出版社，1984：132.

② 孙以楷. 老子通论[M]. 合肥：安徽大学出版社，2004：265.

人为善，也有一群朋友，但还是显得落落寡合。他经常一个人背上行囊出去旅行或是在实验室的夜晚静静地听音乐，就像老子描述的体道行德之人："众人熙熙，如享太牢，如春登台。我独泊兮，其未兆，沌沌兮，如婴儿之未孩，累累兮，若无所归。"（《老子·二十章》）

华商李中也是一位受道家影响的人物，"他是一颗亚细亚式的行星，由于老子的引力才没有偏离轨道，由于算盘和现金收入记录机的离心力又偏离了老子——李中悬在半空运转，在食品杂货和鬼魅中周旋"[①]。李中的食品杂货铺品种齐全，没有过时之说，"不管你来时的心境如何，搭配着买上几样，十之八九保你满意而去"[②]，李中经常赊账给罐头厂街上的人，没有人不欠他钱，而他从来不向主顾逼债，即老子倡导的所谓"圣人执左契，而不责于人"（《老子·七十九章》）。当主顾欠债太多时，他就停止赊账，而主顾们一般也都尽力偿还，以免绕道去远处的城里买东西。抵债库房和破旧的福特卡车对于李中来说犹如留着无用、弃之可惜的"鸡肋"，但是对于马克这伙儿流浪汉来说却大有用处，经过他们的一番布置和修理，库房变成了可以安居的"宫殿客栈"，偶尔还能以骄傲的心情收留个把无家可归的流浪汉住上一两天，卡车使他们这支捉青蛙的小远征队雄赳赳地满载而归。于是，这两样东西实现了它们的"无用之用"。

多拉虽然干的是非法的生意，但是她乐善好施，她的妓院纪律严明，姑娘们训练有素，从不惹是生非，当流感降临罐头厂街的时候，多克主动为大家治病，多拉组织姑娘们带着浓汤去陪护病人。在小说结尾的宴会中，罐头厂街的和谐气氛达到了高潮，大家带着精心准备的礼物纷至沓来，在多克的实验室里享受美味佳肴，聆听多克朗诵诗篇，最后纵情狂欢，连途经这里的水手和警察们也加入其中，从而进入了"执大象，天下往。往而不害，安平太"（《老子·三十五章》）的境界。

（2）人与自然之间的和谐相处

西方社会自文艺复兴以来，在人们摆脱了神权的桎梏，不断走向自主和独立的同时，人类中心主义逐渐成为西方的主导价值观，因此，人与自然之

---

① 约翰·斯坦贝克. 斯坦贝克选集·中短篇小说选·二：罐头厂街[M]. 李玉陈，译. 北京：人民文学出版社，1984：124.

② 约翰·斯坦贝克. 斯坦贝克选集·中短篇小说选·二：罐头厂街[M]. 李玉陈，译. 北京：人民文学出版社，1984：117.

间也逐渐形成了二元对立的关系，人们以自然的主宰者自居，为了满足不断膨胀的欲望而疯狂地向自然索取，肆意地践踏和破坏自然，斯坦贝克对此深恶痛绝，而道家哲学在人与自然的关系这一领域则为作家提供了丰富的可供借鉴的思想源泉。

斯坦贝克出生于加利福尼亚州的萨利纳斯镇，该镇离萨利纳斯河谷不远。那是一个狭长和肥沃的农业地带，东面是加比兰山脉，西边不远处就是太平洋沿岸的蒙特雷湾。斯坦贝克从小就在这里生活，心中充满了对"对自然，对土地，对荒野，对山岳，对海岸的伟大情感"①。他曾经用充满诗情画意的语言深情地描述家乡的春天："加利福尼亚的春天是美丽的。漫山遍野开着果树的香花，像一片粉色和白色相间的浅水海面。多节的老葡萄藤上新生的卷须像瀑布似的披散下来，裹住了主干。碧绿的山头浑圆而又柔软，像女人的乳房一般。在种菜的平地上有长达一英里的成行的浅绿色莴苣和纺锤一般的小小的花椰菜，还有绿里带白的神奇的蓟菜。"②

后来，他在斯坦福大学霍普金斯海洋研究站学习海洋生物，接触并学习了海洋生物学家威廉·爱默生·里特（William Emerson Ritter，1856—1944）的超个体观点。里特认为："生物体的各个细胞、各个器官、各个个体或更高组织的存在是依赖于所有组成部分的合作，也就是说自然界的各部分形成了一个整体，而这个整体的存在又有赖于各部分的有序合作。"③这一观点给斯坦贝克以很大启示。

1930年秋天，他结识了海洋生物学家爱德华·里科兹，与他保持了将近20年的友谊，直至里科兹去世。里科兹使斯坦贝克加深了对生态科学和道家哲学的研究兴趣，帮助他形成了科学的生态整体观，所谓"原天地之美，而达万物之理"（《庄子·知北游》），这"万物之理"即是"道"。

对大自然的观察、探索和思考使斯坦贝克产生了敬畏之心，他认为，与大自然的丰富、博大和永恒相比，人类显得太渺小了。他的家乡生长着具有"活化石"之称的美洲红杉，他从小就喜欢和这些有灵性的树木结交，"身处

① 宋兆霖.《诺贝尔文学奖文库》授奖词与授奖演说卷（上）[C]. 杭州：浙江文艺出版社，1998：437.

② 约翰·斯坦贝克. 愤怒的葡萄[M]. 胡仲持，译. 上海：上海译文出版社，2004：399.

③ Beegel，Susan F. ed. Steinbeck and the Environment. Interdisciplinary Approaches[J]. Tuscaloosa and London：The University of Alabama Press，1997：295-296.

红杉林之中，即使是最愚蠢、最散漫与最不在乎的人，也会折服在奇妙与尊敬的魔力之下"[1]。许多年后，当他在俄勒冈南部再次见到红杉林时，在欣喜的同时感悟到人类的年轻与无知："这个世界其实在我们出现时，就已经很老很老了"，"即使我们不复存在于这个世界上，一个生气勃勃的世界仍将继续用它庄严的方式活下去。"[2]因此，老子说："人法地，地法天，天法道，道法自然。"（《老子·二十五章》）庄子说，人类与冥灵、大椿和彭祖相比，真是"小知不及大知，小年不及大年"（《庄子·逍遥游》）。深受道家思想影响的李白在《春夜宴从弟桃花园序》也慨叹："夫天地者，万物之逆旅也；光阴者，百代之过客也。"

道家拒绝把人作为万物的中心，因为"号物之数谓之万，人处一焉；人卒九州，谷食之所生，舟车之所通，人处一焉；此其比万物也，不似毫末之在于马体乎？"（《庄子·秋水》）"人只是万象中之一体，是有限的，不应视为万物的主宰者，更不应视为宇宙万象秩序的赋予者。"[3]斯坦贝克也认识到人与自然万物共同组成了一个同源同体、共荣共生的有机整体，人类是自然界的一部分，它的生存和发展离不开自然的馈赠，因此，他极力反对那些一切以人类为中心的做法，在《美国与美国人》中，他谴责了那些疯狂开垦土地的早期移民，"他们抛弃了只有养地才能丰产的常识，贪婪地、无休止地一片片向前开垦，像侵略者一般洗劫自己的家园。由植被之根茎保护、落叶残枝滋养的表层沃土在失去保护之后，在春汛的侵蚀冲刷下无可奈何地袒露出赤色胸脯；流淌着鲜血，暴露出骨骸，泥浆滚滚，乱石嶙嶙"[4]。伴随着工业的发展，科技的进步，人类对那些有经济价值的动物进行了更为残酷的甚至是灭绝式的捕杀，斯坦贝克曾经目睹一艘日籍的捕虾船用死鱼作诱饵捞取海虾，死鱼和海虾的比例竟然高达 9∶1！这简直是人类对自然犯下的罪行。在携犬横越美国的途中，作家路过西雅图，目睹此地的巨大变化，他慨叹道："曾经是满地浆果的乡间小径，现在变成了铁丝高墙与绵延一英里长的工厂，还有生产过程中释放出来的满天黄色烟雾，试着抵抗想要将它们吹散的海风，到处都是混乱的成长，一种像癌一样的成长，我实在不懂为什么进步看起来

① 约翰·斯坦贝克. 斯坦贝克携犬横越美国[M]. 麦慧芬，译. 重庆：重庆出版社，2005：167.
② 约翰·斯坦贝克. 斯坦贝克携犬横越美国[M]. 麦慧芬，译. 重庆：重庆出版社，2005：170.
③ 叶维廉. 道家美学与西方文化[M]. 北京：北京大学出版社，2002：2.
④ 约翰·斯坦贝克. 美国与美国人[M]. 黄湘中，译. 广州：花城出版社，1989：85.

那么像毁灭。"①地球是一切大小生物共同的家园，生态平衡的破坏、环境的污染最终会导致人类自身的毁灭。正如斯坦贝克在接受诺贝尔文学奖的致答词中所言："在恐惧与无准备之下，我们操纵了生命与世界以及其中所有生物的生死之权。""人自己变成了我们最大的危险及我们唯一的希望。"②那么，希望何在？老子给人类提出了两条建议：第一、"见素抱朴，少私寡欲"（《老子·十九章》）；第二，"道法自然"（《老子·二十五章》）。庄子在《逍遥游》中说："鹪鹩巢于深林，不过一枝；偃鼠饮河，不过满腹。"斯坦贝克通过科学观察也发现：其他动物可能会挖洞居住，可能会织网把树洞占为己有，但它们对世界没有造成多大的影响，而人类却利用现代科技刨、割、撕、炸大自然，改变了生态平衡。作为生理学意义上的人类要生存是不需要这些东西的，他总结道："人类是唯一一种活在自身之外的动物，他的动力来自外界事物——财产屋子，金钱，还有权力的概念。"③因此，人类要节制欲望，不要过多地向自然索取，以造成自然资源的枯竭，这样才能免除危险，即"知止可以不殆"（《老子·三十二章》）。除此之外，人类还要遵循客观规律办事，采取"无为"的态度，"无为"即"以辅万物之自然而不敢为"（《老子·六十四章》），"顺自然而为，无主观强作妄为"④。如果一味逆自然而行，对自然过多地干预和破坏，就会造成生态系统的紊乱，最终殃及人类自身，所谓"万物并作，吾以观复。夫物芸芸，各复归其根。归根曰静，是谓复命；复命曰常，知常曰明。不知常，妄作凶"《老子·十六章》，"乱天之经，逆物之情，玄天弗成；解兽之群，而鸟皆夜鸣；灾及草木，祸及止虫"（《庄子·在宥》）。"森林毁灭导致了降雨量的变化，因为飘荡的白云再也找不到向她招手微笑的绿色森林挽留她，滋补壮大她了。"⑤地下水的大量抽取将形成一片新的沙漠，"河流和小溪从此充满了毒物、毫无生机。鸟儿因缺乏食源正在灭绝；有毒的浓烟笼罩在我们城市的上空，灼伤我们的肺叶，熏红我们的眼睛"⑥。人类

① 约翰·斯坦贝克. 斯坦贝克携犬横越美国[M]. 麦慧芬，译. 重庆：重庆出版社，2005：161.

② 宋兆霖.《诺贝尔文学奖文库》授奖词与授奖演说卷（上）[C]. 杭州：浙江文艺出版社，1998：441.

③ Steinbeck John. Sea of Cortez. A Leisurely Journal of Travel and Research[M]. Mount Vernon，N. Y: Paul P. Appel Publisher，1941：87.

④ 孙以楷. 老子通论[M]. 合肥：安徽大学出版社，2004：268.

⑤ 约翰·斯坦贝克. 美国与美国人[M]. 黄湘中，译. 广州：花城出版社，1989：85.

⑥ 约翰·斯坦贝克. 美国与美国人[M]. 黄湘中，译. 广州：花城出版社，1989：89.

该清醒地反思自己的行为，"放德而行，循道而趋"《庄子·天道》，只有这样才能让自然恢复其原有的天机，使自然和人类得以和谐发展、可持续发展。

（二）多样观

道家强调世界的整体性，同时也不忽视世界的多样性，而世界的多样性是通过个体的差异性和特殊性表现出来的，因此不可用同一标准去衡量万事万物，而应提倡多元价值并存，特别是那些容易被世人忽视的价值。

1. 各随其性

"物或行或随；或嘘或吹；或强或羸；或培或堕。是以圣人去甚，去奢，去泰。"（《老子·二十九章》）老子认为，由于万物的个性各不相同，因此，统治者要去除那些极端的措施，这样才能使万物各适其性，充分发展。庄子《至乐篇》中有一则鲁侯养鸟的寓言，讲的是鲁侯发现一只海鸟停在鲁国郊外，就派人把它接到太庙，宰牛羊给它吃，送酒给它喝，奏乐给它听，结果海鸟三天就死了。这则寓言说明，如果违反事物的本性，一味以人的主观行为去干预和限制它，只会适得其反，因此，顺任自然显得尤其可贵，"道之尊，德之贵，夫莫之命而常自然"（《老子·五十一章》）。具体到治理国家，为政者常自以为是社会中的特殊角色，而依一己的心意擅自制定出种种标准，肆意作为，强意推行。"天下多忌讳，而民弥贫；……法令滋彰，盗贼多有。"（《老子·五十七章》）"民之难治以其上之有为，是以难治。"（《老子·七十五章》）老子"无为"思想的提出"一方面要消解统治集团的强制性，另一方面激励人民的自发性"①。对人民而言，恢复其自我生命的个性，使其能够按照自己的本性充分地发挥自己的聪明才智，健康、快乐地生活，是道家哲人的理想，同时也是斯坦贝克的理想："我们必须走出这个腐败的世纪，这个狡诈狠毒的世纪充满了动乱和枉死。"②"我深信不疑的是：个人的自由、探索的头脑是世上最宝贵的东西。我要为之奋斗的是：头脑要有随心选择其发展方向，不受支配的自由。我必须反对的是：限制或毁掉个人的任何思想、宗教或者政府。"③斯坦贝克在《煎饼坪》（*Tortilla Flat*）中塑造了一个追求个人自由的流浪汉丹尼的形象，他继承了祖上的房子，过着衣食无忧、有规律的生活，却渐渐失去了精神的自由，最后郁郁寡欢、发疯而死。他就像《庄

---

① 老子. 老子今注今译[M]. 陈鼓应，注译. 北京：商务印书馆. 2003：283.

② 约翰·斯坦贝克. 伊甸之东[M]. 王永年，译. 上海：上海译文出版社，2004：144.

③ 约翰·斯坦贝克. 伊甸之东[M]. 王永年，译. 上海：上海译文出版社，2004：144.

子·养生主》中提到的泽雉，虽然走十步才啄到一口食，走百步才饮到一口水，可是它并不祈求被养在笼子里，因为养在笼子里虽然有吃有喝，但是并不自在。

2. 价值多元

"圣人常善救人，故无弃人；常善救物，故无弃物。"（《老子·二十七章》）在道家眼里，世界上没有无价值的人或物，有用和无用在特定的环境下会相互转化，问题的关键在于人们如何看待、如何利用两者的关系，这不仅需要独具慧眼，更需要海纳百川的胸怀，其中亦不乏辩证思想。老子在《道德经》中经常以水为喻来说明道理，世人常说"水往低处流"，但是老子同时也看到了水"利物""不争"的一面，而且，水既柔弱，又坚强，"天下莫柔弱于水，而攻坚强者莫之能胜"（《老子·七十八章》）。惠子有大瓠（葫芦）、大樗（木质粗劣的大树），苦于它们大而无用，庄子建议他用大瓠制舟，浮游于江湖；将大樗栽种在广漠之野，寝卧其下。斯坦贝克和老庄一样，善于通过多种角度来看问题，揭示出被常人忽视的价值。《罐头厂街》中的人物除了多克和李中之外，差不多都生活在社会底层，"正如某公曾经说过的，'全是些婊子，拉皮条的，赌徒和狗娘养的'"。但是，"设若此公是通过另一个窥孔往里瞧的，他恐怕就会说全是'圣徒，天使，殉教者和圣人'了，而且说的还是同一件事"[1]。马克这伙儿流浪汉平日游手好闲，看似无用，但是他们在为多克准备宴会的过程中各显其能：黑兹尔看上去好像有些智力低下，但是在帮助多克采集海洋生物的时候，手脚却非常麻利……斯坦贝克认为："我们无所不在的上帝既然赋于郊狼、普通棕色老鼠、英格兰麻雀、家蝇和蛾子以生存的能力，也一定对没有出息者、地方上的败类和叫花子，对马克和小伙子们，怀有伟大的厚爱。"[2]

（三）平衡观

老子认为，自然之道是追求和谐均衡的，人类应该依循这样的客观规律，并发挥主观能动性，避免走极端、偏执一面。通常，道的运动是渐变而非突变的，因此，老子提醒我们未雨绸缪，"为之于未有，治之于未乱"（《老子·六

---

① 宋兆霖.《诺贝尔文学奖文库》授奖词与授奖演说卷（上）[C]. 杭州：浙江文艺出版社，1998：437.

② 约翰·斯坦贝克. 斯坦贝克选集·中短篇小说选·二：罐头厂街[M]. 李玉陈，译. 北京：人民文学出版社，1984：125.

十四章》）。一旦出现亏损或盈满的状况，马上就应采取措施予以调整，"有馀者损之，不足者补之"（《老子·七十七章》），唯有这样，天地万物才能保持均衡地、和谐地、可持续地发展。但是，人类社会在其发展过程中，常常会出现有悖于自然的现象，"天之道，损有馀而补不足。人之道，则不然，损不足以奉有馀"（《老子·七十七章》）。于是，人与人之间、国与国之间、人与自然之间以及人自身就出现了矛盾、对立的局面，针对这种状况，老子给世人开出了这样的药方：知止不殆，主动谦让、乐于奉献，斯坦贝克也通过他的作品应和着老子的警世箴言。

1. 得失之间

老子认为，任何事物都有它的对立面，并且是在对立关系中形成的，所谓"有无相生，难易相成，长短相形，高下相倾，音声相和，前后相随"（《老子·二章》），只有两方面都能兼顾到，才能对事物有全面的把握，同时也更容易保持心理的平衡。世人往往只看到事物的正面，而忽视它的反面，因此常常出于趋利避害的心理而偏执一面，结果苦身疾作，劳神焦思，精神常常浮荡于患得患失之间。老子和庄子安慰那些疲惫的神经说道："祸兮，福之所倚；福兮，祸之所伏，孰知其极？"（《老子·五十八章》）"安危相易，祸福相生，缓急相摩，聚散以成。"（《庄子·则阳》）阐释这一道理的还有《淮南子·人间训》中"塞翁失马"的故事，而斯坦贝克的小说《煎饼坪》则可以看作是美国现代版的"塞翁失马"——"丹尼失房"。小说中的主人公丹尼是个流浪汉，他继承了祖上的两间小房子，自己住一间，将另一间象征性地租给了朋友派伦，这样他们就不必常年风餐露宿了。丹尼因此有了一定的社会地位，受到当地许多女性的青睐，可是派伦心里感到不平衡，就想办法将丹尼的房子转租给另外两个流浪汉帕布洛和耶稣·玛利亚，并利用他们来和丹尼做斗争，后来这间房子因为失火不幸化为灰烬，朋友们感到十分愧疚，为了补偿丹尼，他们承诺永远不会让丹尼饿肚子，而丹尼反倒觉得房子没了，心头少了一份负担。丹尼邀请他们住进他的房子，大家互相帮助，渐渐过上了正常的、有规律的生活，而丹尼又因为不愿意受束缚而变得郁郁寡欢乃至发疯而死。最后，丹尼的那间房子再次失火，他的朋友们任由它化为灰烬，然后各奔东西。在这里，斯坦贝克让他笔下的人物选择主动放弃本不属于他们的东西，比塞翁又更进了一步，显示出积极的态度。

人们主动谦让、乐于奉献，这本身也是一种积极地化解矛盾、寻求平衡的方式。"圣人不积，既以为人己愈有，既以与人己愈多。"(《老子·八十一章》)"是以圣人后其身而身先，外其身而身存。非以其无私邪，故能成其私。"(《老子·七章》)《煎饼坪》中有一位绰号叫"海盗"的流浪汉，他省吃俭用，一心只为了还愿而攒钱，并且请朋友们一起帮忙保管这笔钱，结果，反倒使钱能够安全地得以保存，他自己也最终了却了心愿，在这一过程中，丹尼、派伦等人的灵魂也得以净化。

2. 物极必反

当事物发展到某种极限的时候，就转向它的反面了，例如，我们经常说的"月满则亏""物盛必衰""否极泰来"等都是这种现象。老子说："民不畏威，则大威至。"(《老子·七十二章》)如果人民不惧怕统治者的威压，那就意味着民怨极深，会发生大的祸乱了。老子还说过："天下皆知美之为美，斯恶矣；皆知善之为善，斯不善已。"(《老子·二章》)也就是说，如果天下人都去做那些被认为是好的事情，那么好的事物就会变得不好了。《煎饼坪》中两个流浪汉之间的对话就说明了这个道理，帕布洛说，如果所有露珠都是金刚石，他们就可以发大财了，可以醉上一辈子了。派伦说，"要是那样，人人都会有许多块金刚石。太多了就不值钱了"[①]。导致美国 1929 年至 1933 年经济大萧条的原因之一就是一方面资本和商品生产过剩，另一方面大部分劳动者的购买力严重不足，这种状况持续下去，使人们的贫富越来越悬殊，最终导致了社会矛盾的激化，点燃了革命的火种。斯坦贝克著名的长篇小说《愤怒的葡萄》就揭示了这样一个主题。经济危机时期，美国中部的农民破产后只得历尽千辛万苦向西部迁移，梦想着能够在加利福尼亚找到出路，没想到在那里受到残酷的勒索和迫害，一方面是千千万万极度饥饿的、濒于死亡的人们；一方面是为了保证利润而不得不将大量农产品销毁的资本家，"人们拿了网来，在河里打捞土豆，看守的人便把他们拦住；人们开了破汽车来拾取丢弃了的橙子，但是火油却已经浇上了。于是人们静静地站着，眼看着土豆顺水漂流，听着惨叫的猪被人在干水沟里杀掉，用生石灰掩埋起来，眼看着堆积成山的橙子坍下去，变成一片腐烂的泥浆；于是人们的眼里看到了一场失败；饥饿的人眼里闪着一股越来越强烈的怒火。愤怒的葡萄充塞着人们的

---

① 约翰·斯坦贝克. 煎饼坪[M]. 张健，译. 上海：上海译文出版社，2004：157-158.

心灵，在那里成长起来，结得沉甸甸的，准备着收获期的到临"①。

"甚爱必大费；多藏必厚亡。"（《老子·四十四章》）欲望的过度膨胀必然会导致许多不良的后果，其一便是精神的衰落。当美国进入垄断资本主义阶段后，在经济繁荣的同时，贫富悬殊、政治腐败、道德沦丧等社会问题凸显，拜金主义盛行，世人不择手段地谋取金钱和权力。"世道在变，美好的东西已经消失殆尽，道德也荡然无存。忧虑侵入一个正在消蚀的世界，消失的是什么呢——礼貌、宁静和美？体面的女士们不再体面了，绅士的话也不可信。"②在这样一个追名逐利、众声喧哗的世界，就连小孩子为了名利也学会了作假，斯坦贝克的长篇小说《烦恼的冬天》里的亚伦就是通过抄袭文章在少年征文比赛中获奖的。当他的丑闻被揭露之后，这位14岁的少年却认为那只不过是冒险失败，运气不好而已，并对指责他的父亲说："我敢打赌你自己从前也准抢到过点儿好处，因为大家全是这么干的。"③

欲望过度膨胀的另一个不良后果就是对健康乃至生命的危害，"五色令人目盲，五音令人耳聋，五味令人口爽，驰骋畋猎令人心发狂"（《老子·十二章》），"名与身孰亲？身与货孰多？得与亡孰病？"（《老子·四十四章》），"夫富者，苦身疾作，多积财而不得尽用，其为形也亦外矣。夫贵者，夜以继日，思虑善否，其为形也亦疏矣"（《庄子·至乐》）。"能尊生者，虽贵富不以养伤身，虽贫贱不以利累行。今世之人居高官尊爵者，皆重失之，见利轻亡其身，岂不惑哉！""今世俗之君子，多危身弃生以殉物，岂不悲哉！"（《庄子·让王》）斯坦贝克在《罐头厂街》中也发出了这样的感慨："这个世界是由暴饮暴食而得了溃疡病的老虎统治的世界，是野心受到阻遏的公牛拉车留辙的世界，是贪得无厌、置一切于不顾的豺狼刮地皮的世界。""如果一个人得到了全世界，而在接收这份产业的时候身患胃溃疡和前列腺肿大，并且戴着双光眼镜，这于此人又有何益？"④正是因为斯坦贝克认同道家的思想，因此，"他善于将生活的单纯喜悦，跟残酷而酸冷的求财渴望对比"，⑤在"蒙

① 约翰·斯坦贝克. 愤怒的葡萄[M]. 胡仲持，译. 上海：上海译文出版社，2004：402.

② 约翰·斯坦贝克. 伊甸之东[M]. 王永年，译. 上海：上海译文出版社，2004：143.

③ 约翰·斯坦贝克. 烦恼的冬天[M]. 吴钧燮，译. 上海：上海译文出版社，2004：313.

④ 约翰·斯坦贝克. 斯坦贝克选集·中短篇小说选·二：罐头厂街[M]. 李玉陈，译. 北京：人民文学出版社，1984：125.

⑤ 宋兆霖.《诺贝尔文学奖文库》授奖词与授奖演说卷（上）[C]. 杭州：浙江文艺出版社，1998：437.

特雷三部曲"(《煎饼坪》《罐头厂街》《甜蜜的星期四》)中塑造了一批生活在社会底层的知足常乐的流浪汉形象，他们"甘其食、美其服、安其居、乐其俗"(《老子·八十章》)，过着一种自然、健康、简朴的生活，与那些矫饰、病态、奢侈的富人相比，更符合道的精神。

　　欲望的过度膨胀还会导致战争的爆发，老子一向反对为了一己之欲而侵害他人，特别是对人类的生命和自然环境造成严重损害的战争，因此他告诫那些兴兵动武者，即使是最后获胜也要付出很大的代价，那些想以武力横行于天下者必将自食其果、自取灭亡。"夫兵者，不祥之器，物或恶之，故有道者不处。"(《老子·三十一章》)"以道佐人主者，不以兵强于天下。……其事好还，师之所处，荆棘生焉。善有果而已，不敢以取强。果而勿矜，果而勿伐，果而毋骄，果而不得已，果而勿强。"(《老子·三十章》)经历了两次世界大战的斯坦贝克同样反对人类的战争，他认为"一切战争都是作为思维动物的人类失败的征兆"[①]。虽然，两次世界大战总的来说给美国带来了巨大的利益，但是对于普通百姓而言，战争给他们带来的可能是永远都无法愈合的创伤，《伊甸之东》中的亚当接到了爱子阿伦在第一次世界大战中阵亡的消息后，由于经受不住如此巨大的精神打击而中风了。老子认为，如果是不得已而用兵，例如为了除暴安民、保家卫国，那么也应当本着人道主义精神。"兵者不祥之器，非君子之器，不得已而用之，恬淡为上。""杀人之众，以悲哀泣之，战胜以丧礼处之。"(《老子·三十一章》)斯坦贝克同样是一位人道主义者，他曾经谴责美国向日本的广岛和长崎投下了两颗原子弹，在《美国与美国人》中，他这样说道："我对原子弹一窍不通，也丝毫没有卷入原子弹的争端之中，可我被吓坏了，感到羞愧万分。我所认识的每个人几乎都有同感。那些大嚷大叫，咬牙切齿地给广岛和长崎判死刑的人，他们为什么要这样做？他们肯定是人间最问心有愧之人。"[②]当事物就要发展到极端，即将产生不良后果的时候，老子提醒我们悬崖勒马，以减少不必要的损失，即所谓"知止可以不殆"(《老子·三十二章》)。

　　在经历了两次世界大战和经济危机之后，美国人对未来的前途感到困惑和迷茫，他们试图摆脱这种困境。在这种求索的心态下，斯坦贝克将目光投

---

① 约翰·斯坦贝克. 战地随笔[M]. 朱雍，译. 长沙：湖南人民出版社，1985：19.

② 约翰·斯坦贝克. 美国与美国人[M]. 黄湘中，译. 广州：花城出版社，1989：89.

向了东方，而道家哲人的智慧则为他提供了精神支持。因此，斯坦贝克的多部作品中都闪耀着道家哲学的光辉，作者将道家哲学用作一种解毒剂来舒解美国乃至整个西方世界人欲横流、战争不断、自然环境恶化的局面，由此更加彰显了道家哲学的普世价值。

第三节　斯坦贝克与中国灵石

　　早在石器时代，石头就因其坚固、耐用、易得而成为人们日常生活中普遍使用的生产工具和生活材料。与此同时，由于人类的祖先认为万物有灵，而石头源于自然，坚硬持久，不易变质，遂成为他们信仰的承载物，在古人的想象中，石头既有人性也有神性，是创生创世的材料、人神之间的媒介。在中国古代神话中，有"女娲炼石补天""精卫衔石填海"、禹生于石、涂山氏化石生启、盘古骨骼化石造乾坤；在古希腊神话中，丢卡利翁和皮拉从正义女神忒弥斯那里求得的再造人类的方法就是通过投掷大地母亲的骨骼——石头来造人；在《圣经·创世纪》中施洗约翰说，"神能从这些石头中给亚伯拉罕兴起子孙来"；孙悟空是从花果山上的一块仙石中化生的；贾宝玉原是女娲补天所弃的一块通灵思凡的顽石。在距今五六千年的辽宁红山文化的祭祀遗址中，石祭坛作为通神之梯，被古人使用；人类死后进入石棺、石墓，便是祈望借助石头的灵性，得以死后升天；始建于距今约五六千年的英格兰威尔特郡索尔兹伯里平原的巨石阵在古代也曾被人们当作祭祀太阳神的场所，哈代让他笔下的女主人公苔丝躺在这里的牺牲石上完成了献祭的仪式，太阳便升起来了；《圣经·创世纪》中记述，雅各枕石而睡，梦见上帝说将赐躺卧之地给他及他的后裔。雅各醒来，遂将所枕之石立作柱子，将周围地方称作"神殿"（伯特利）……于是，一种世界性的文化现象——"灵石崇拜"逐渐形成，而"灵石"作为一个"可交际的单位"，也成为世界文学中的"一种典型的、反复出现的意象"[①]，即原型，"它在历史进程中不断发生并且显现于创造性幻想得到自由表现的任何地方"[②]。

---

　　① 叶舒宪．神话：原型批评[M]．西安：陕西师范大学出版总社有限公司，2012：155．
　　② 卡尔·古斯塔夫·荣格．心理学与文学[M]．冯川，等译．南京：译林出版社，2011：84．

约翰·斯坦贝克在创作长篇小说《烦恼的冬天》（1961）时也多次运用了"灵石"这一原型。《烦恼的冬天》以 20 世纪 60 年代美国东部海港小镇新港为背景，描述了一位出身于没落古老世家的杂货店员伊桑·艾伦·霍利试图通过种种卑鄙手段重振家族雄风，最后良心发现、幡然悔悟的故事。小说中出现了"灵石"这一意象，它在小说中起到了投射、寄附、守护、救赎、传承精神等作用，为我们了解小说的主旨及其诗学特征提供了有益的帮助。小说自 1982 年就被介绍到中国，经由人民出版社翻译出版，但是并未引起文学评论界的足够重视，特别是小说中的"灵石"意象也并没有进入学界的视野，故笔者以此为切入点，从人类学和心理学的角度剖析"灵石"这个意象的多重隐喻功能和象征意义，并试图探究作家偏爱原型的原因。

一、传家宝：诚信与爱的象征

很多古老的家族都有传世的宝贝，它往往代表着某种家族精神，值得子孙后代去传承和发扬光大。霍利家也曾经是新港镇的名门望族，他家阁楼上的一个橱柜里放着许多家传纪念品，仿佛是个供祖的圣坛，其中有一块玲珑的石头，它的形状、颜色、花纹、质地、手感等，都不同于普通的石头。"它是圆的，底径四英寸，顶部一英寸半。面上刻着错综交织的花纹，仿佛在婉转盘旋，但却找不到究竟通向何处。光洁的石面摸起来并不滑溜，倒像人的皮肤那样有点滞手，摸上去总是叫人感到暖呼呼的。你可以看到它的内部，但却望不透它。"①灵石的颜色还会随着光线的不同而变化，"正午它的颜色像玫瑰那样粉红，可是一到傍晚它就显出了一种较深的色调，红中带紫，好像是渗进了几滴血似的"②。这块石头是一家人世代相传的镇宅之宝、灵魂的守护神，伊桑视之为自己的生命，他的女儿爱伦也非常珍爱这块石头，即使是梦游的时候也要拿它在手抚弄，仿佛是母亲、恋人或孩子一样。对于霍利家族而言，这块石头的真正价值也许并不在于它的外观，而在于它代表了一种家族精神，这种精神能够在家人在遇到挫折和艰难险阻的时候安慰、鼓舞和激励他们，使他们不至于沉沦，其核心价值便是诚信与爱。

伊桑的祖先是清教徒，"剽悍而生命力强盛"，曾经靠捕鲸业而发达。伊

---

① 约翰·斯坦贝克. 烦恼的冬天[M]. 吴钧燮，译. 上海：上海译文出版社，2004：146.
② 约翰·斯坦贝克. 烦恼的冬天[M]. 吴钧燮，译. 上海：上海译文出版社，2004：261.

桑曾经多次追忆祖先的丰功伟绩，在霍利家旧船坞的石洞里冥想一番当日旧港的景象作为消遣，仿佛是在举行祭祖的仪式："船坞，堆栈，如林的桅樯，数不清的索具和风帆。我的祖先——我亲人们——年轻的守在甲板上，身强力壮的攀上桅顶，久经风霜地站在船桥上。"①伊桑的父亲虽然轻率鲁莽，一手毁掉了家业，但是为人却很正派；伊桑虽然生活拮据，但是对于马鲁洛教导他缺斤短两、以次充好的欺骗行为，还是嗤之以鼻，并且始终深爱着自己的家人；爱伦匿名揭发了哥哥抄袭作文的行为，这表明她继承了祖上正直、诚实的品格，她怕父亲会遇到凶险，偷偷把灵石放在他的口袋里，也充分显示出她的爱心，因此，伊桑认为这块石头将女儿和他、和霍利家紧紧地联系了起来，女儿能把他身上这一点品性继承下来，流传下去。因此，当伊桑绝望之余准备了此一生的时候，他看到灵石显出了一种"深深的殷红的颜色"——血的颜色，它象征着家族、血缘和亲情，于是他决定将护身宝传给它的新主人爱伦，他希望爱伦能够将家族的美德继续传承下去。

二、心灵镜：无意识的象征

灵石对于主人公伊桑来说还犹如一面心灵的镜子，在映照他内心世界的同时促使其自省。伊桑有着一颗丰富而敏感的心灵，从小就在霍利家老屋的阁楼上读一些描写神仙鬼怪的书籍，听德波拉姑祖母给他灌输许多神魔的观念，后来，又在哈佛大学学习语言文学，沉迷于那些古老美丽、朦胧难解的事物，于是，许多事物透过他心灵的棱镜被蒙上了一层神秘的色彩，因此，来自中国的灵石很自然就成为他灵魂的投射物，如镜子一般展示出他不断变化的心灵图像。

所谓投射，是指主体将自己的记忆、知识、期待所形成的心理定向，化为一种主观图式，外射到特定的客体上，使客体符合主观图式，从而产生幻觉的心理机能。在小说中，主人公经常将自己的无意识投射到这块灵石上，因此，灵石的色彩、纹理和质地会随着主人公心情的不同而发生微妙的变化，而其中显现出的意象大都是原型。例如，在伊桑的成长过程中，石头被看作是女性的乳房、生殖器，弄得他十分烦恼激动，这时石头显现的原型是"阿利玛"，"阿利玛"是荣格在《集体无意识的原型》一文中提到的一个重要的

---

① 约翰·斯坦贝克. 烦恼的冬天[M]. 吴钧燮，译. 上海：上海译文出版社，2004：54.

原型，它通常外象化为女性，在这里代表的是伊桑青少年时期的性幻想。后来，石头又成了人的脑子，"甚至变成了一个不解之谜，一种无头无尾、变化无穷的东西——一个包罗万象的问题，它不需要任何答案来破坏它，也不需要任何开头结尾来限制它"①。这样，石头又如迷宫一样，变成了弗莱所说的"迷失方向"的原型。②再后来，伊桑在玛吉的鼓动下，受野心的驱使，一步一步实现自己的复兴计划，石头上的花纹又仿佛变作一条蛇。在西方文化中，蛇的形象象征着欲望、诱惑、邪恶、阴险、狡猾、背叛、蜕变、毁灭等。我们从伊桑的复兴计划中看到他的确变成了一条蛇，一个阴险而狡猾的魔鬼，甚至连老谋深算的银行家贝克先生都败在了他的手下。他偷偷给移民局打匿名电话，检举揭发自己的老板马鲁洛非法入境美国，后来又一步一步将好友丹尼诱入自己的圈套，纵容对方慢性酒精中毒而死。虽然抢劫银行的计划因为偶然的事件而搁浅，但是事先他也安排得非常缜密，将风险减小到最低。他采用的手段都是合法的，只是利用了别人的弱点以及他们对自己的信任。后来，马鲁洛将他的杂货店赠给了伊桑，他的行为令伊桑的心灵感到震撼，正义在他的心中又占了上风，此时，伊桑下意识地"顺着护身宝上的蛇形花纹摸下去，最后又摸回到它开头的地方，而这同时也是结尾的地方"③。这个细节暗示着他准备就此止步，结束自己的邪恶行径。

三、护身符：超自然力的象征

由于伊桑经常将自己的欲望投射到这块石头上，赋予灵石以生命的元素，这块石头便具有了生命的形态，成了伊桑灵魂的载体，被赋予了寄附灵魂的功能。民间习俗中将灵魂寄附于体外的观念体现了人类的原始信仰，弗雷泽认为，人们觉得将灵魂寄存于体外比放在自己身上要安全些，于是便与其他强有力的神物之间建立相互感应的关系，这样不仅能将灵魂寄存在对方身上，而且还能从对方身上获得神奇的力量。在西方，灵石被认为因为制造它时的星象感应和天体方位而具有通灵的魔力，常常被当作护身符用以消灾降福，而这块石头又是霍利家的传家宝，因此，在德波拉姑祖母的建议下，伊桑就将那块石头当作了护身符，每当他处于孤独、恐惧、紧张、彷徨、迷

---

① 约翰·斯坦贝克. 烦恼的冬天[M]. 吴钧燮，译. 上海：上海译文出版社，2004：146.

② 叶舒宪. 神话：原型批评[M]. 西安：陕西师范大学出版社，2012：184.

③ 约翰·斯坦贝克. 烦恼的冬天[M]. 吴均燮，译. 上海：上海译文出版社，2004：262.

惘、无助的时候，就用手指抚摸它的花纹，从而获得一股神秘的力量。

在故事开始的这一年的耶稣受难日，伊桑受到了一连串的诱惑：银行职员乔伊告诉伊桑，银行内部存在很多漏洞，抢银行是一个风险小、收益高的致富途径；银行家贝克先生劝告他如何利用妻子玛丽刚刚获得的一点遗产投资赚钱；推销员比格劝诱他通过进货拿回扣；半巫半娼的玛吉通过纸牌算命，说伊桑很快就能赚大钱；玛丽抱怨伊桑老是抱着过时的清高思想，这一切都使坚守美德的伊桑感到与周围的环境格格不入，像耶稣一样体味到上十字架者当时所感到的那种啮齿的孤独悲哀："我的神！我的神！为什么离弃我？"（《圣经·马太福音》第二十七章）除了妻子和儿女之外，所有的亲人都离他而去了，而妻子和儿女又都是他保护和照顾的对象，于是那块灵石就成了他灵魂的守护神，每当他摸弄的时候，都会得到心灵的慰藉。伊桑在准备投入命运的决战时也自然将护身符带在身上，而这块石头也的确为他带来了好运。伊桑经过周密的计划准备抢银行，联邦政府官员的到来使他不得不打消了这个念头，这位官员为他带来了好消息：他的老板马鲁洛将杂货店无偿赠予了他。事后，他听银行职员乔伊说银行早有防备，不禁暗自庆幸，此时，他摸到那块石头，觉得是它保佑了自己。正当伊桑满怀成功的喜悦时，玛吉开始纠缠他，儿子亚伦的获奖作文被指控抄袭，丹尼的鬼魂也时时折磨着他的良心，他准备一死了之，但是，正当一边他走向波涛汹涌的大海，一边从口袋里摸索刀片，准备结束自己的生命时，他意外地摸到了那块石头，想到这块通灵宝玉也是女儿爱伦的最爱，于是，他选择坚强地活下去，灵石又一次保佑了他，给了他求生的精神力量。

早在1943年11月3日，斯坦贝克在任纽约《先驱论坛报》的战地记者时曾发表过一篇题为《护身符》的通讯，其中写到许多士兵在战争中往往通过护身符来获得心灵的支撑，"不管是何种返祖遗传召回了它们，反正它们是出现了，并且看来能满足一种需要"[①]。这种需要当然指的是一种精神需要，当伊桑在人生的战场上孤军奋战时同样希望通过这块灵石来集中祥瑞之气，用以消灾降福。然而，如果我们仔细研读小说就会发现，真正拯救伊桑的与其说是灵石，倒不如说是它所代表的以诚信与爱为核心的家族美德。因为伊桑过去曾经表现出诚信，所以马鲁洛才将自己的杂货店赠予他作为褒奖，所

---

① 约翰·斯坦贝克. 战地随笔[M]. 朱雍，译. 长沙：湖南人民出版社，1985：223.

以才有联邦政府官员的出现，而正是官员的出现才使他未能实施抢劫银行的计划；因为女儿爱他所以才会将灵石放进他的口袋，而对女儿的爱反过来又成了他求生的动力。

四、补天石：东方精神的象征

伊桑是一个受基督教思想影响很深的人，在小说中，他多次提到圣经中的典故，当玛吉用色相引诱他时，他还背诵了一段《圣经·新约·马太福音》中的经文来抵御她的诱惑，但是金钱和地位的诱惑却使他败下阵来，背叛了自己的信仰，从耶稣变成了犹大。在一个人们普遍对财富之神顶礼膜拜的时代，宗教的规约显得多么苍白无力啊！妻子玛丽的话代表了当时人们的价值标准："一位高尚的人物如果没有钱一个屁也不值。"①然而伊桑在得到了马鲁洛的杂货店和丹尼的草地后却时时受到良心的谴责，为他算命的玛吉也来要挟和纠缠他，更令他感到痛心的是，儿子亚伦受到社会不良风气的毒害，在抄袭作文的丑行被揭发后，不以为耻，只是觉得自己运气不好，"因为大家全是这么干的"②。作为一位具有高度社会责任感的作家，斯坦贝克曾经针对第二次世界大战后美国社会的道德沦丧发出过这样的感慨："很可能在我们的国度，道德——正直诚实，伦理甚至慈善早已消失。"③但是，他仍旧对未来抱着乐观的态度："我们并非无路可走，过去走过的道路虽然已到尽头，但通往未来的新途还有待于我们探索。"④那么，新途在哪里呢？早在 19 世纪，欧美文坛就已经出现了许多将东方神秘化、传奇化的想象故事，中国这个古老、遥远而神秘的国度对于那些浪漫主义作家而言是颇具异国情调的，非常值得他们去想象和利用，以抗衡现代物质文明中存在的种种弊端。正如荣格所言："我们寻求着灵验有效的形象，寻求着能够满足我们心灵和头脑的不安的思想形式，于是我们发现了东方的宝藏。"⑤斯坦贝克显然也受到了这种集体想象的影响，将中国看作是保留着古代精神文明的地方，一个带有神秘主义倾向的地方。

① 约翰·斯坦贝克. 烦恼的冬天[M]. 吴钧燮，译. 上海：上海译文出版社，2004：39.
② 约翰·斯坦贝克. 烦恼的冬天[M]. 吴钧燮，译. 上海：上海译文出版社，2004：313.
③ 约翰·斯坦贝克. 美国与美国人[M]. 黄湘中，译. 广州：花城出版社，1989：115.
④ 约翰·斯坦贝克. 美国与美国人[M]. 黄湘中，译. 广州：花城出版社，1989：115.
⑤ 卡尔·古斯塔夫·荣格. 心理学与文学[M]. 冯川，等译. 南京：译林出版社，2011：32.

在创作《罐头厂街》（1945）时，斯坦贝克就试图借用中国的道家哲学来作为抵御资本主义社会贪欲膨胀的思想武器。后来，他又在《伊甸之东》（1952）中，塑造了一个宣传道家哲学的华人老李的形象，让他和一群中国知识分子从新的角度解读《圣经》，使斯特拉克一家人从精神上获得了新生。在《烦恼的冬天》中，斯坦贝克再一次寄希望于中国，试图通过"中国灵石"来修补西方精神世界的天空，真可谓用心良苦。

五、探谜底：小说中原型的出现

《烦恼的冬天》并非斯坦贝克创作中运用原型的个案，他的重要作品如《愤怒的葡萄》《伊甸之东》《煎饼坪》《人鼠之间》《珍珠》等都有明显的神话和寓言的原型，对此，国内学者曾经有过详细的总结，在此就不再重复。[①]那么，斯坦贝克为什么会对原型情有独钟呢？笔者认为主要有两方面的原因。

一是他曾经阅读过包含大量原型的文学经典以及原型批评方面的理论，并产生了共鸣。斯坦贝克家藏书丰富，他从小博览群书，特别是那些经典作品，像《圣经》、古希腊罗马神话、亚瑟王和他的圆桌骑士的故事等，他早已熟稔于心，融化在血液当中，因此在创作中可以信手拈来。另外，在斯坦贝克借阅和收藏的图书中还有不少是关于原型批评的，其中包括弗雷泽的《金枝》和荣格有关心理学方面的多部著作。斯坦贝克不但认真阅读过荣格的著作，而且颇有心得。1933 年 6 月 30 日，斯坦贝克在给好友卡尔顿·舍费尔德（Carlton Sheffield）的信中就曾盛赞荣格在民俗学和无意识心理学方面的研究"是迄今为止最令人满意的"，与他研究的方向不谋而合。同年，斯坦贝克发表的小说《致一位未知的神》（*To A God Unknown*，1933）可以看作是"集体无意识"作用于现代人的一个典型文本，小说中的主人公约瑟夫·韦恩为了给干旱的土地祈雨，躺在石祭坛上割破了自己手腕上的血管献祭，结果天降甘霖。用作者自己的话来说："这本书仅仅试图展示无意识是如何侵入并在某些情况下穿过意识后就立刻变得不可思议的刻骨铭心的。"[②] 1957 年 1 月 7 日，斯坦贝克在给编辑兼出版商帕斯卡尔·考维奇（Pascal Covici）的信中又一次提道："我甚至也参与到了荣格有关神话的现代心理学阐述中，我认为

---

① 田俊武. 约翰·斯坦贝克的小说诗追求[M]. 北京：中国社会科学出版社，2006：168.

② Demott R. Steinbeck's Reading：A Catalogue of Books Owned and Borrowed. New York：Garland，1984：63.

这是有必要的。"①由此看来，斯坦贝克是勇于接受并实践原型理论的。

斯坦贝克选择原型的另一个原因是他作为作家的使命感和不懈探索的精神。斯坦贝克认为作家受命"要把我们黑暗而危险的梦打捞到日光之下，以便改善"，"要宣布并赞扬人类精神与心灵中已经证实了的伟大能力"②，并争取在精神层面赶上物理世界的伟大脚步。斯坦贝克在谈及写作的时候曾经说过："写作技巧或写作艺术是笨拙地寻找不可言喻的象征。在极端的孤独中，作家试图解释不可解释的东西。"③在《烦恼的冬天》中，他借主人公之口进一步阐述了自己的观点："我觉得我们大家，或者其中的大多数，都是被十九世纪科学所左右，这种科学对于一切它所无法度量或解释的东西都断然否认其存在。而我们无法解释的东西却自顾自存在着，只不过用不着说，它们都并不需要取得我们的同意罢了。"④然而，古往今来，对于许多人而言，"灵石"所具有的神秘力量用科学似乎是无法解释的，但是它确实存在甚至关乎生死，对此，弗雷泽解释说："科学取代了在它之前的巫术与宗教，今后它本身也可能被更加圆满的假说所更替，也许被我们这一代人想象不出的、与记录宇宙这一屏幕上的影像、看待自然界一切现象的完全不同的方式所更替。"⑤而荣格则从另一个角度给出了答案：对"灵石"的崇拜作为"集体无意识"，由各种遗传力量形成了一定的心理倾向，意识即从这种心理倾向中发展而来，⑥据此，"灵石"所产生的神奇力量则彰显了人类精神与心灵的伟大力量。

在《烦恼的冬天》中，"灵石"这一意象常常出现在情节和人物心理发展的关键时刻，不仅承担了重要的叙事功能，而且对于揭示和深化作品主题，探索人物隐秘的心灵世界具有不可替代的作用，因此，它的出现绝不是偶然的、随意的，而是作者匠心独运、有意为之的结果。一块小小的石头，不仅

---

① R. Demott. Steinbeck's Reading. A Catalogue of Books Owned and Borrowed. New York：Garland，1984：62.

② 宋兆霖.《诺贝尔文学奖文库》授奖词与授奖演说卷（上）[C]. 杭州：浙江文艺出版社，1998：440.

③ 董衡巽. 译本前言[M]//约翰·斯坦贝克. 人鼠之间. 董衡巽，译. 桂林：漓江出版社，1989：391.

④ 约翰·斯坦贝克. 烦恼的冬天[M]. 吴均燮，译. 上海：上海译文出版社，2004：82.

⑤ 詹姆斯·乔治·弗雷泽.《金枝》[M]. 徐育新，等译. 北京：大众文艺出版社，1998：634.

⑥ 卡尔·古斯塔夫·荣格. 心理学与文学[M]. 冯川，苏克，译. 南京：译林出版社，2011：100.

浓缩了霍利家族几百年的记忆以及主人公伊桑曲折复杂的心路历程，而且体现了人类曾经重复过无数次的心理经验——"集体无意识"。斯坦贝克通过霍利一家人对灵石的崇拜再一次给人们以启示：在信仰缺失的时代，人们可以从亲人、从自然、从异域、从自身获得捍卫永恒价值的伟大力量。"他从集体精神中召唤出治疗和拯救的力量，这种集体精神隐藏在处于孤独和痛苦的谬误中的意识之下；我们看到：他深入到那个所有人都置身其中的生命模式里，这种生命模式赋予人类生存以共同的节律，保证了个人能够将其感情和努力传达给整个人类。"[①]难怪瑞典学院在 1962 年诺贝尔文学奖颁奖辞中对这部小说给予了很高的评价，认为斯坦贝克在这部小说中达到了《愤怒的葡萄》所创下的水准，"再度确定了他真理的独立阐释者的地位，以无偏私的本能呈现出美国真正的面目，不管是好是坏"[②]。

第四节　斯坦贝克与洋泾浜英语

从广义上讲，"洋泾浜"（Pidgin）一词指的是不同语种的混杂语；从狭义上讲，指的是英语与其他语种的混杂语，也称"洋泾浜英语"。如果在近代中外关系史的背景下考察这个词的话，中国人说的洋泾浜英语又有"广东英语""上海英语"和"唐人街英语"之分。19 世纪中叶，当华工涌入美国的加州之后，讲的就是所谓"唐人街英语"。随后，语言学家们开始注意这种"移民英语""集团方言"，美国诗人、语言学家利兰（Charles Godfrey Leland，1824—1903）于 1876 年出版的诗集《洋泾浜英语小调》（*Pidgin English Sing-Song*）中就有不少令人发笑的"唐人街式"英语。美国现代作家、1962年诺贝尔文学奖的获得者约翰·斯坦贝克既没有像利兰那样，将华人说的洋泾浜英语当作笑料，也没有像萧伯纳、林语堂等人那样，从洋泾浜英语的响亮达意、文法规则简单以及使用人多等特点而赞美这种特殊语言"不但非常佳妙，而且是有远大前途的"，"必然成为五百年后最体面人讲的唯一的国

---

① 卡尔·古斯塔夫·荣格. 心理学与文学[M]. 冯川，等译. 南京：译林出版社，2011：106-107.
② 宋兆霖.《诺贝尔文学奖文库》授奖词与授奖演说卷（上）[C]. 杭州：浙江文艺出版社，1998：440.

际语"①。他深知，这种语言在美国经常是作为那些受教育不高的初到美国的移民标志而存在的，由于这种特殊的语言既不符合母语的规范，又不符合英语的规范，因此必然会造成沟通上的困难；而且，人们在讲洋泾浜英语时往往是用母语进行思维，这也在一定程度上减缓了他们被同化的进程，强化了他们的边缘文化身份。例如，在美国作家马拉默德（Bernard Malamud，1914—1986）的早期作品中，那些初到美国的操着带有意第绪语痕迹的洋泾浜英语的犹太移民，生活得就十分艰难。同样如此，对于那些讲洋泾浜英语的华人移民而言，他们往往因为不会说一种"正当的"语言而被认为是愚蠢的、不可同化的。然而，为什么当华裔美国人能够讲正规英语时，他们还是不被美国的主流社会所接受，不得不讲洋泾浜英语呢？斯坦贝克在长篇小说《伊甸之东》中通过美国华裔老李的遭遇说明了其中的缘由。

老李是白人农场主亚当的仆人，他的父母是广东人，为了还债，他与美国铁路公司签约，远涉重洋，来到旧金山加入修建美国中央太平洋铁路的行列。老李出生在美国，从小在学校里接受的是西方教育，同时又与唐人街的亲族保持联系，接受了中国传统文化的熏陶，因此是一个具有双重文化身份的第二代中国移民。他既能够讲汉语，也能够讲一口流利的英语，但是在小说中首次出场时，我们发现，他同女主人卡西讲的却是洋泾浜英语。初识爱尔兰裔美国人塞缪尔·汉密尔顿时，他也是讲洋泾浜英语，对此，塞缪尔很是好奇，问他为什么在美国待这么久了，还讲洋泾浜英语？老李先是用洋泾浜回答说："Me talkee Chinese talk."（"我老说中国话。"）②塞缪尔不相信，认为他一定会说正规的英语。老李认为对方理解了自己，才改用正规的英语向他吐露真情，"那是为了方便"，"甚至可以说是自我保护。我们说洋泾浜英语主要是让别人听懂"③。塞缪尔听后感到很诧异。老李继续说："他们指望我讲的、愿意听的都是洋泾浜，他们不听我讲的正规英语，当然听不懂了"，"很少有人像你一样，能实事求是地观察而没有先入之见。你看到的是实际情况，而大多数人只看到他们指望看到的东西。"④

为什么有人指望华人讲的、愿意听的是洋泾浜英语而非正规英语呢？因

① 林语堂. 林语堂经典作品选[M]. 北京：当代世界出版社，2002：328.

② 约翰·斯坦贝克. 伊甸之东[M]. 王永年，译. 上海：上海译文出版社，2004：182.

③ 约翰·斯坦贝克. 伊甸之东[M]. 王永年，译. 上海：上海译文出版社，2004：182.

④ 约翰·斯坦贝克. 伊甸之东[M]. 王永年，译. 上海：上海译文出版社，2004：182.

为在他们的心目中中华民族是劣等民族，愚昧落后、难以同化。1862 年，美国的一位种族优越论者斯陶特就曾撰文称，"高加索人种（包括其各种类型）被赋予了超越所有其他人种的最高尚的心灵和最美丽的身体"①，"我们同欧洲人通婚，那只不过是繁殖我们自己的高加索类型；我们同东亚人混合，那就是在创造退化的混血儿"②。为了保持自身文化身份的优越感，种族优越论者还对华人加以"文化塑型"，有意贬低、歪曲和丑化华人形象，为他们排挤、歧视和压迫华人的行为制造借口。在 19 世纪 70 年代的经济危机中，美国国内掀起了反华排华的浪潮，软弱的清政府没有能力保护在美国的华人，只能任其发展。1882 年，美国国会在未与清政府协商的情况下通过了《排华法案》，后来又通过各项立法进一步巩固和发展了这个法案。19 世纪末 20 世纪初，美国将中国作为侵略扩张的主要目标，先是提出了"门户开放政策"，后又成为八国联军中的一员，镇压中国反帝爱国的义和团运动。在美国的华人因此也成为被排斥、被歧视、被虐杀的对象，"尽管法律明文规定公民享有平等的权益，但平等并未普遍延及到非裔美国人或其他种族或少数族裔成员身上，他们在文化上的差异遭到主流社会群的非难，并形成不同的社交规范来对付这些差别"③。老李的童年和青少年时代，正赶上美国人对华人极度蔑视的时期，他所在的加利福尼亚州反华势力尤为强大，因此，为了减少不必要的麻烦，老李就干脆讲洋泾浜。然而，语言是思想的载体，用洋泾浜讲话意味着还要用洋泾浜思想，因此，为了避免英语的荒疏，老李就拼命地用英语写作，尽管书面语和口语之间是有差别的。久而久之，洋泾浜变成了老李和美国主流社会之间的一道屏障，使他长期处于不被人理解和接受的状态。

　　塞缪尔的出现是老李语言变化的一个转折点。对方虽然是一个爱尔兰人，却能够平等而友好地对待他这个华佣，并且对中国文化怀有浓厚的兴趣，因此，老李敢于将自己的真实面目展现给塞缪尔，开始同他讲正规英语了。同塞缪尔的交流也使老李渐渐敞开了自己封闭的心灵，更多地接触到白人世界，并在这个过程中慢慢增强了自信。老李在不想表达自己的真实想法或是对对方缺乏信任的时候，就讲洋泾浜。例如，当卡西用枪打伤了亚当，扔下

---

① 吕浦."黄祸论"历史资料选辑[J]．北京：中国社会科学出版社，1979：10.

② 吕浦."黄祸论"历史资料选辑[J]．北京：中国社会科学出版社，1979：10.

③ 爱德华·C. 斯图尔特，密尔顿 J. 贝内特．美国文化模式[M]．卫景宜，译．天津：百花文艺出版社，2000：123.

刚刚生下的一对双胞胎跑了以后，代理司法官奎因到亚当家了解情况，老李为了搪塞他，就同他讲洋泾浜；在技师乔对他表现出粗暴和傲慢时，老李也是讲洋泾浜，后来对方的态度变得友好和宽容了，他才改成了正规英语，洋泾浜俨然成为他自我保护的一副假面具。虽然随着情节的发展，老李的洋泾浜与正规英语处于不断的变换之中，但是我们不难发现，老李讲的洋泾浜越来越少了，到了小说的结尾，老李几乎不再讲洋泾浜了，与此同时还剪掉了辫子，穿上了西装，住上了属于自己的舒适的房子，并且赢得了周围人的尊敬，这标志着他渐渐走出由白人和华人共同设定的无形藩篱，开始一步一步融入了美国社会。

斯坦贝克是一位人道主义作家，"他的同情心是站在被压迫的、不能适应的和受挫折的人一边"[①]的。他想通过华人老李的故事表达他对种族歧视的厌恶，并希望人们能够打破种族和文化的界限，相互理解和接纳，平等对话与交流。然而，比老李晚出生将近一个世纪的美国当代华裔作家赵健秀（Frank Chin，1940— ）还是遇到了类似的尴尬："在这个社会上，一个白人可以在人群中消失，而我不能，无论我受过多么好的教育，无论我的英语讲的多么地道。有人仅仅看到我的肤色，就认为我讲英语带口音。总有人想纠正我的发音。"[②]正如社会学家吴景超所言，"如果在美国出生的华人还有什么障碍，使他不能完全觉得美国就是他们的家，那就是肤色"[③]。因此，要达到斯坦贝克所倡导的那种理想境界恐怕还有很长的一段路要走。

第五节　斯坦贝克与酒

古今中外的许多作家都与酒结下了不解之缘，美国现代作家、1962 年诺贝尔文学奖获得者斯坦贝克便是其中之一，酒是他的生活和写作中一个不可或缺的元素，在他的日记中有不少喝醉酒的记述，在他的小说中也频繁出现酒的意象，表面上是写酒，但实际上是"醉翁之意不在酒"，酒在其中主要起

---

① 宋兆霖.《诺贝尔文学奖文库》授奖词与授奖演说卷（上）[C]. 杭州：浙江文艺出版社，1998：437.

② 徐颖果. 跨文化视野下的美国华裔文化[M]. 天津：南开大学出版社，2008：25.

③ 吴景超. 唐人街：共生与同化[M]. 筑生，译. 郁林，校. 天津：天津人民出版社，1991：270.

到了烘托气氛、深化主题和增强喜剧效果的作用。

写作之余，每当斯坦贝克想放松一下，就和朋友们一起喝个一醉方休。幸运的是，他的朋友马丁·雷和埃尔西夫妇是酿酒师，这使得他有很多机会品尝到美酒佳酿。在1938年7月22日的日记中，他记述了自己准备到雷氏家去喝酒的事，"今晚去雷氏家吃饭，我想又得喝成个醉醺醺的，可我不太在乎。这也好也不好。不过，要是我想喝点什么的话，星期五晚上是最好的时候"①。他还有一个习惯，就是喜欢独自饮酒、品诗，这样，诗与酒能够融合到一起，达到意想不到的效果。据斯坦贝克的好友纳撒尼尔·本奇利回忆：夜深人静时，斯坦贝克曾在家里就着酒读由辛格翻译的彼特拉克写给劳拉的十四行诗，读着读着就不禁伤心落泪起来，是辛格那抑扬顿挫的声调和彼特拉克心中的痛楚深深地感染了他，而酒又起到了催化剂的作用。

作为饮酒爱好者的斯坦贝克对醉酒者的观察和体验细致入微，在小说《煎饼坪》中有一段描写记录下了醉酒者不同程度的表现，语言十分幽默："我们可以在这两只瓶上划上以下的刻度作为标记：喝酒喝到第一只瓶的肩状突出部，可以进行严肃而集中的谈话。再喝下去两英寸就会引起又甜又伤心的回忆。再喝下去三英寸，就会想到昔日的痛苦的爱情。第一瓶喝光就意味着无名的悲哀。喝到第二瓶的肩形突出部就会产生黑色的亵渎的绝望。再喝下去二指，就会唱一曲死亡或者渴望之歌。再下去一拇指，就会唱起彼此都会唱的任何一支歌。刻度到此为止。因为以下的刻度无法辨认，所以从此处起，任何事情都可能发生。"②他在《战地随笔》中还写过一只好酒贪杯的山羊，这只羊是英国皇家空军大队的吉星，只要它在，空军大队就无往而不胜，但它有一个坏习惯——喜欢喝啤酒，尽管部队明令禁止，它还是能够找到供它啤酒的酒肉朋友。而且，每当它醉意朦胧时，就会带着轻蔑的神情到处溜达。据说，它曾经蔑视过美国空军、英国工党，有一次还蔑视过丘吉尔先生。

斯坦贝克笔下的酒种类很多，有白兰地、威士忌、香槟酒、朗姆酒、杜松子酒，还有小说里的人物自造的鸡尾酒、奶啤，真可谓五花八门、五味杂陈。《罐头厂街》中介绍了一种配制鸡尾酒的特殊方法，它是由流浪汉埃迪发明的。流浪汉们囊中羞涩，但是又嗜酒如命，于是埃迪就利用在酒吧工作的

---

① 斯坦贝克. 斯坦贝克日记选[M]. 邹蓝，译. 天津：百花文艺出版社，1992：82.

② 约翰·斯坦贝克. 煎饼坪[M]. 张健，译. 上海：上海译文出版社，2004：156.

机会将客人喝剩的酒倒在一个酒壶里，配制了一种鸡尾酒，这种酒经常是黑麦威士忌、啤酒、波旁威士忌、苏格兰威士忌、葡萄酒、朗姆酒和杜松子酒的混合物，有时还会掺进一些白兰地、安尼赛特酒、居拉索酒什么的，总之，味道很独特，常被埃迪用来招待他的流浪汉朋友们，大家经常坐在一起品酒、评酒，其乐融融，马克说："只要稍微加点什么，结果就会大不相同。"琼斯还进一步联想到酒后的醉态："要是喝了威士忌，你多多少少知道你会干什么，好汉动拳头，孬种哭鼻子"，"可是你喝了现在这玩意儿，不知道要变成哪种酒的醉汉。"①通过这些令人忍俊不禁的情节，作者意在说明：获得生活乐趣的方法其实很简单，也很朴素，与那些贪得无厌、置一切于不顾的求财者们相比，流浪汉们的生活更接近自然，更单纯快乐。

斯坦贝克小说中的酒具有多种功能，首先，它能够为众人聚会狂欢助兴，成为欢乐的制造者。在他描写的宴会中，由于酒的参与，懦夫变成了勇士，乞丐变成了国王，人们聚在一起尖声嘶叫、跳舞格斗、热泪盈眶，打破了平日里身份和等级的界限，在迷狂中获得了酒神赋予的自由和平等。其次，酒也能够抚慰受伤的心灵，给人们增添生活的勇气，《伊甸之东》中的主人公塞缪尔·汉密尔顿曾经说过："人们常说，如果没有威士忌来把世道不平的地方泡泡软，他们会自杀的。"②英国著名的酒文化学者休·约翰逊在《葡萄酒的故事》（*Story of Wine*）中也写道："在污秽、残酷、短暂的人生中，那些最早感受到酒精作用的人，认为他们提前到天堂走了一遭。饮了这种神奇的饮料后，他们的焦虑消失了，恐惧大为减少，灵感随之而来。"③因此，斯坦贝克对 20 世纪 20 年代美国的禁酒运动十分反感，认为禁酒的结果只能使地下酿制和走私酒类的活动更加猖獗，出现禁而不止的局面。正如他所预料的，最后禁酒运动以失败而告终。当然，对于那些对身心健康和生命财产安全不利的酗酒行为，斯坦贝克也是具有清醒认识的，《煎饼坪》中的流浪汉们就是因为酗酒而导致火灾的发生，失去了他们赖以栖身的房子。更为可怕的是，有些人为了追求经济利益而利用那些酒精依赖症的患者，从而设下了种种圈套，《烦恼的冬天》里丹尼·泰勒就是一个落入圈套的悲剧人物，他原本出身于古

---

① 约翰·斯坦贝克. 斯坦贝克选集·中短篇小说选·二：罐头厂街[M]. 李玉陈，译. 北京：人民文学出版社，1984：175.

② 约翰·斯坦贝克. 伊甸之东[M]. 王永年，译. 上海：上海译文出版社，2004：184.

③ 陈苏华. 饮食文化导论[M]. 上海：复旦大学出版社，2013：195.

老世家，受到过良好的教育，但是后来变得堕落消沉，整日借酒浇愁、醉生梦死，由于他拥有一块可以改为飞机场的草地，遂成为野心家贝克和伊桑的猎捕对象。贝克想用一瓶酒贿赂他，没有奏效，而伊桑则明知丹尼意志薄弱，却故意借给他一千美元去治病，实际上是纵容他去买醉，结果，丹尼最终死于酒精中毒，那片草地则作为抵押落到了伊桑手中。

另外，酒还在斯坦贝克与中国之间架起了一座文化桥梁，这要从斯坦贝克的挚友爱德华·里科兹说起。里科兹是一位海洋生物学家，同时也是斯坦贝克哲学和文学上的导师，斯坦贝克经常和他在一起举杯畅饮、谈天说地。里科兹十分热爱中国文化，在他的影响下，斯坦贝克"结识"了以诗与酒闻名的中国诗人李白。斯坦贝克曾经阅读过不少李白诗歌的英译本，其中包括由日本学者小畑熏良翻译的《李白诗集》，美国意象派女诗人艾米·洛厄尔和女汉学家弗劳伦斯·艾斯库一起合作翻译的中国诗集《松花笺》中的近百首李白诗歌，还有美国汉学家威特·宾纳翻译的 20 多首李白诗歌，此后便将李白引为知己，在小说《罐头厂街》中，他安排主人公多克（其原型为里科兹）为华人杂货商李中朗读的就是李白的诗。针对社会上反对饮酒的舆论，斯坦贝克曾以李白为例来进行反驳，"谁敢说一次灵魂的危机不比一次重感冒更糟糕？对于李白来说值得做的事情对于我们来说同样值得。那些不朽的人物差不多都喜欢酒"[①]。这番话不禁让我们联想起李白的著名诗句："古来圣贤皆寂寞，惟有饮者留其名。"（《将进酒》）斯坦贝克在小说《伊甸之东》中还多次提到一种中国药酒——五加皮，它的颜色深得几乎发黑，带点烂苹果的甜味，里面加了苦艾，劲儿很大，喝了以后会让人很兴奋，在美国的华人饮用这种酒时常常会勾起思乡之情。斯坦贝克在小说中写到这种酒并不是简单地作为一种异国情调加以点缀，而是将它作为了中国文化的象征。小说中的华裔老李是白人农场主亚当家的厨师，他初识爱尔兰裔的打井人塞缪尔·汉密尔顿（其原型为斯坦贝克的外祖父），两人谈得很投机，老李请他尝尝中国的白兰地——五加皮，塞缪尔欣然接受，觉得"味道真不坏"。塞缪尔曾经看过很多有关中国的书，对中国文化很感兴趣，因此初次见面，他就接受了五加皮。起初，老李和主人亚当在一起的时候常常是独自喝五加皮，后来，老

---

① Steinbeck John. Sea of Cortez: A Leisurely Journal of Travel and Research[M]. Mount Vernon, N. Y: Paul P. Appel, 1941: 199.

李、塞缪尔和亚当三人成为好朋友后就经常在一起共同品尝五加皮。塞缪尔去世后，亚当开始主动找老李要五加皮喝。最后，当老李放弃了在唐人街开书店的打算，又回到亚当家时，他将五加皮倒在咖啡里喝，并感觉"味道不错"。这一举动意味着中国文化与西方文化的最终融合，并预示着以老李为代表的美国华裔开始构建自己新的文化——美国华裔文化。

第六节　在美华人生活面面观

一、饮食

中国有句古话："民以食为天。"饮食也是文化中一个不可或缺的部分。中国饮食文化源远流长，形式与内容丰富多样，在世界饮食文化中独树一帜。早在 19 世纪中叶，到美国加利福尼亚淘金的中国人就开始将中国的饮食文化带到美国。起初，中餐主要是满足华人淘金者的需要，后来，许多白人淘金者也被物美价廉的中餐所吸引。由于餐馆投资少、竞争不很激烈，所以中餐馆在 19 世纪末 20 世纪初从唐人街很快遍布全美，华人从事餐饮业的人数也日益增多，中餐的范围也从原来的"杂碎"（一种什锦炒菜）、炒面扩展到麻婆豆腐、湖南腊肉、北京烤鸭乃至于一桌四十道菜的中国宴席。许多白人家庭也都喜欢请中国厨师。在《伊甸之东》中，斯坦贝克就塑造了一位中国厨师老李，老李从唐人街的表弟那里学了一道中国名菜——冬瓜盅，他向主人亚当介绍了制作的全过程：把冬瓜竖着放在锅里，小心地切开一头，里面放一只整鸡、蘑菇、荸荠、葱和一点姜末。然后，把切开的一头重新盖好，用文火炖两天。两天后，把鸡取出来。拆掉骨头，把肉再放回去。这道菜就做成了。老李擅长做各种中西菜肴，令亚当一家人以及亚当的朋友们感到十分满意。

小说中还多次提到一种中国药酒——五加皮，这是一种颜色深得几乎发黑的液体，带点烂苹果的甜味，里面加了苦艾，劲儿很大，喝了以后会让人很兴奋，在美国的华人经常饮用这种酒。斯坦贝克在小说中写到这种酒并不是简单地作为一种点缀，而是将它作为中国文化的象征。

《伊甸之东》中也写到了华人的服饰，它在小说中并非作为异国情调的点缀，而是在一定程度上折射出了 19 世纪末 20 世纪初中美的历史流变、政治规约和社会心理等方面的内容。华人老李在小说中首次出现的时候，保持的是当时中国清朝末期平民男子的服饰和发型。如果说，服饰是一个人的"第二皮肤"，在一定程度上反映了一个人的身份、地位的话，那么，老李的打扮则将自己定位在普通仆人的位置，符合他当时的身份和地位："他的一根油光乌亮的长辫子梢上用一条黑丝带扎住，从肩头垂下，在胸前有节奏地摆动。干气力活时，他把辫子盘在头顶。他穿的是窄裤腿的棉布裤子、没有后跟的黑便鞋和盘花纽扣的中国式罩衫。他一有可能就把手拢在袖管里，仿佛怕看到它们似的，当时大多数中国人都这样。"[1]在这里，斯坦贝克还描写了老李的一个典型的动作，"一有可能就把手拢在袖管里"，这一方面说明了传统中式服装的一个特点——宽松舒适，另一方面也表现出老李的拘谨。老李从小就生长在美国，并且一直接受西方教育，读到大学，但是他的服饰和发型却表明他并没有真正接受美国的生活方式，融入美国的社会生活。此时，有很多在美国的华人已经入乡随俗，为了适应新的环境，剪掉了辫子，留起了平头，丢掉了斗笠或黑毡帽，戴上了礼帽，脱下了宽大、舒适的衣裤，换上了绅士穿的礼服、大衣和裤子，因为清政府明令所有男子必须照满俗蓄发结辫，违者治罪，直至斩首。所以，他们回国后又临时穿国服、戴假辫子。为什么老李在美国还这般守旧呢？他向塞缪尔道出了其中缘由，原来他也曾试图改变自己，但是在那些所谓白人的眼里，他仍旧是个中国人，"并且是打了折扣的中国人"，而他的中国朋友都开始躲着他，他回到中国之后，又被称为"洋鬼子"。面对如此尴尬的境地，他只好与国人保持一致。其实，在清朝末期，中国本土已经酝酿着服饰的改革，戊戌变法的内容中就有断发易服、听任百姓穿着自主的主张。后来，以伍廷芳为代表的一些大臣也曾提出过全面剪发、普及西式服制的议案，但是，最后都不了了之。直到辛亥革命结束以后，孙中山领导的国民政府才开始号召全中国的男子都剪掉辫子，并普遍推行新式服装。老李这时也跟着剪掉了辫子，感觉方便一点，不过他觉得头皮上总好像缺点什么，不大习惯，发型的变化需要有一个心理适应的过程。到了小说的结尾，他已经渐渐适应了周围的环境，有了一定的经济基础，并且同亚当一家人结下了深厚的情谊，他不准备在唐人街开书店，而是要同亚当一家一

---

① 约翰·斯坦贝克. 伊甸之东[M]. 王永年，译. 上海：上海译文出版社，2004：179.

起度过余生。此时老李的打扮发生了根本性的改变，作者写道："他上街经常穿一套绒面黑呢子衣服，白衬衫，高硬领，以及一度成了南方参议员标志的黑色窄领带。他的帽子也是黑色的，平檐、圆顶，没有一点凹陷，似乎还要把辫子盘在头顶，留出空地方。他浑身打扮挑不出一点毛病。"服饰的变化反映了老李的观念和心理的变化，他的自信心和独立意识增强了，不再将自己束缚在原有的位置上了。

小说中还写到外国人穿中国的服装，阿伦、迦尔兄弟俩从小缺少父母的关心和疼爱，他们穿的衣服都是老李用粗布缝制的，在取名字的那一天，老李则给他们穿上了面料和做工比较讲究的衣服，就像当时中国普通百姓家的孩子在节日里穿的服装一样："直筒裤和有盘花纽扣、镶滚边的褂子。一个的衣服是青绿色，另一个是褪色的玫瑰红，纽扣和滚边都是黑的。头上都戴着黑缎子瓜皮小帽，顶上有一颗鲜红的纽扣。"[①]虽然，在亚当和塞缪尔看来，这两个孩子穿的中式衣服是鲜艳古怪的，但是却表达了老李对他们的一片爱心。

二、生活习俗

斯坦贝克的小说中有几处写到了中国人的生活习俗。例如，"中国人在中国新年的第一天或者年三十必须偿还全部债务，以便没牵没挂地开始新的一年。假如做不到，他就丢脸；不仅丢自己的脸，全家都丢脸。在这个问题上是没有借口可找的。"中国人办丧事要敲鼓、撒纸钱、在坟上放烤猪。[②]

有些习俗被中国人带到了美国，被当作中国人特有的方式渐渐被美国人认可，融入了美国人的生活中，比如在节日或其他喜庆的日子里要燃放鞭炮，烘托气氛。在《罐头厂街》中，大家为多克举行宴会，纷纷送去贺礼，华商李中送去的是一挂鞭炮和一包中国百合，当宴会达到高潮的时候，"有人点着了那挂二十五英尺长的鞭炮"[③]。在《伊甸之东》中，斯坦贝克也提及华人老李的表弟是干鞭炮这一行的，可见，当时在美国燃放鞭炮的习俗已不鲜见。

对于某些中国习俗，斯坦贝克也经历了从不理解到逐步接纳的过程。例

---

① 约翰·斯坦贝克. 伊甸之东[M]. 王永年，译. 上海：上海译文出版社，2004：295.

② 约翰·斯坦贝克. 伊甸之东[M]. 王永年，译. 上海：上海译文出版社，2004：375.

③ 约翰·斯坦贝克. 斯坦贝克选集·中短篇小说选·二：罐头厂街[M]. 李玉陈，译. 北京：人民文学出版社，1984：266.

如，中国人有一个传统就是死后要将尸骨埋在故土，特别是对老一代移民而言，即使他们的亲人已经安葬在美国的公墓里，若干年后，死者的尸骨也将送回老家安葬。在《罐头厂街》中，斯坦贝克写到李中将祖父的尸骨从唐人角的墓地里刨出来，然后小心翼翼地装在箱子里送过西面的大海，"使祖父终于躺进由于先人在此，因此也就成了圣地的故土之中"①。言语之中似乎有些不解，同时带有嘲弄的口气。这种行为当时的确令很多美国人感到不可思议，他们不知道，落叶归根是中国传统文化心理，特别是那些早期的华人移民并没想久居美国，他们只是梦想着在美国赚上一笔钱后衣锦还乡，与家人共享天伦之乐，在美国排华暴行猖獗的时候，华人更是"每逢佳节倍思亲"。更为重要的是，当时许多华人认为如果死后不埋在家乡的地下，他们就会变成到处游荡的孤魂野鬼，无依无靠，永不安宁。而且，"在华人看来，安葬在国内，那就意味着可以得到子孙后代和亲戚族人的祭祀。如果我们理解华人相信人死后也要每隔一段时间给他供奉食品，那我们就知道安葬在哪里绝不只是一个爱好问题，而是人在另一个世界的生死问题了"②。斯坦贝克在《伊甸之东》中同样涉及这一话题，卡西抛下亚当父子一去不返，亚当和老李为了使迦尔和阿伦免受伤害就说他们的母亲去世了，她的墓在她的家乡，一个很远的地方。阿伦问为什么，亚当回答他说："有人喜欢葬在自己的家乡。"老李附和着说："我们也是这样的。"③从这段对话中我们可以看出，作家的态度变得宽容了，这也许是因为《伊甸之东》的写作要晚于《罐头厂街》，而在写作这部小说之前，斯坦贝克阅读了大量有关加利福尼亚华人史的资料，对中国的传统习俗有了更为深刻的理解吧。

三、宗族组织

宗族指的是"具有相同姓氏的人们的群体"，在中国，姓氏相同的人通常住在同一个村子里，并有一个共同的宗祠，作为宗族的社会和宗教活动中心。在中国传统社会里，宗族占有极为重要的地位，作为一个社会基本单位，宗族具有组织、管理、生产、消费、教育、行政、司法等多种职能，同一个宗

---

① 约翰·斯坦贝克. 斯坦贝克选集·中短篇小说选·二: 罐头厂街[M]. 李玉陈，译. 北京: 人民文学出版社，1984: 124.

② 吴景超. 唐人街: 共生与同化[M]. 筑生，译. 郁林，校. 天津: 天津人民出版社，1991: 169.

③ 约翰·斯坦贝克. 伊甸之东[M]. 王永年，译. 上海: 上海译文出版社，2004: 401.

族的人常常互相扶助、荣辱与共。《伊甸之东》中写到老李的父亲还不起一笔债，整个李姓宗族的人便聚在一起，讨论解决办法，因为欠债事关整个宗族的荣誉，最后，他们决定帮助老李的父亲偿还债务。后来，这种宗族意识同样被带到了美国的华人圈中，在美国的唐人街，具有相同姓氏的华人会形成家族会或宗亲会这样的宗族组织，特别是在 19 世纪后半叶至 20 世纪初，赴美移民的大多是远涉重洋、只身来到美国淘金的单身汉，他们人生地不熟，而且不具有美国公民的身份，无法得到美国政府或警察当局的保护，腐败的清政府也没有能力保护在美华人的利益，因此"由于宗族组织的存在，那些妻儿不在身边、或没有结婚的华人，在美国也有某种家庭生活"①，宗族是他们温暖的港湾。《伊甸之东》中的老李就是一个典型，他没有结过婚，虽然住在萨利纳斯，却一直与旧金山的宗族总部保持着联系，一遇到自己无法解开的难题就想到要去向他们宗族中的那些德高望重、学识渊博的老先生们讨教。另外，华人在美国经商、办企业时也往往首先和本宗族的人合作，例如，在《罐头厂街》李中的杂货店里，就是他的亲戚们在店里招待顾客。

四、神魔观念

林语堂在《中国印度之智慧》中《中国人生活随笔》的部分曾经写道："中国与我们称之为西方的现代世界之间的区别是，西方儿童相信仙人，中国成人相信之。""结果，中国文学充满了鬼魂、妖怪、狐狸精、魔仆和双面人的故事。"他并不简单地认为这是迷信和无知，而认为其中蕴含着"想象真理"或"诗意真理"，②"人类知识的每一个分支，即便是研究地球的岩石和天空的宇宙光线，一触及任何深度，便会碰到神秘主义"③。斯坦贝克就是林语堂所说的"西方的儿童"，他也认为中国人普遍具有神魔观念并且认同这一观念，斯坦贝克在创作中经常采用神话和寓言模式，因此，他的许多小说甚至是散文中都或多或少地包含一些神秘主义因素。例如，《人鼠之间》《愤怒的葡萄》《伊甸之东》《烦恼的冬天》等作品采用了《圣经》中的神话原型模式，《煎饼坪》采用了《亚瑟王传奇》的神化模式。斯坦贝克阅读过的《中国印度之智慧》一书中就收录了很多妖魔鬼怪的故事，例如《倩娘的故事》

---

① 吴景超. 唐人街：共生与同化 [M]. 筑生，译. 郁林，校. 天津：天津人民出版社，1991：223.
② 林语堂. 中国印度之智慧（中国卷）[M]. 西安：陕西师范大学出版社，2006：256.
③ 林语堂. 中国印度之智慧（中国卷）[M]. 西安：陕西师范大学出版社，2006：64.

《卖鬼者》等，想必给斯坦贝克留下了深刻的印象。在 1943 年发表的《小妖怪》（*the Little Monster*）中他写道，一群战地记者挤在阿尔及尔的一家饭店英国领事住的房间里通宵达旦地谈天说地，这时在他们面前出现了一个小妖怪，其中一位记者杰克·贝尔登对小妖怪的出现并不感到惊奇，因为他在中国住过多年，"对这种事并非一无所知"①。言下之意，就是中国人的头脑中有比较强的神魔观念。小说《伊甸之东》中那个华人老李很早就感觉到女主人卡西行为的怪异，他由此联系到了中国神话故事中的妖魔鬼怪，他将这种感觉告诉汉密尔顿，并且说，"我们中国人有许多关于妖魔鬼怪的神话"，"我们的幽灵比什么都多。我想中国什么东西都死不了。拥挤得很"②。

---

① 约翰·斯坦贝克. 战地随笔[M]. 朱雍，译. 长沙：湖南人民出版社，1985：216.
② 约翰·斯坦贝克. 伊甸之东[M]. 王永年，译. 上海：上海译文出版社，2004：213-214.

第三章　斯坦贝克作品中的华人形象

第一节　美国主流文化中的华人形象

一、华人形象概述

美国人和中国人最早的直接接触基本始于独立战争之后，"1784 年，美国商船'中国皇后号'（The Empress of China）抵达广州，揭开了中美关系发展的序幕"[①]。此后，商人、传教士、记者和外交使节等不同身份的美国人陆续来到中国，亲眼看到了原来只存在于欧洲人的记述和他们想象中的中国人，从而获得了大量关于华人形象的素材，为他们塑造中国本土的华人形象奠定了基础，这一类的代表作家和代表作品有：赛珍珠的《大地》，诺拉·沃恩（Nora Waln，1895—1964）的《谪园》（House of Exile，1933），露易丝·乔旦·米恩（Louise Jordan Miln，1864—1933）的《灯会》（The Feast of Lanterns，1920）、《在云南一庭院》（In a Yun-nan courtyard，1927），等等。

中国人成批地踏上美利坚的国土始于 1849 年加利福尼亚的淘金热。1848年 2 月，也就是加州发现金矿消息传出的第二个月，两名中国男子及一名女子乘坐美国鹰号（American Eagle）海轮，从广州横渡大洋抵达加州的三藩市，成为最早登陆并留居在这里的华裔移民。随后两年，一批批的华人接踵而至，大部分人在美国从事矿业劳动，其他行业如农业工人、家仆、捕鱼、运输、伐木、洗衣、厨师等，只有极少的人从事加工制造业。1863 年，华人加入中央太平洋铁路的修建，工程结束后，留下来的华裔大批转去当农工，一些有了积蓄的华人后来就移到城市中，开起了杂货店。19 世纪六七十年代，美国开始出现了描写华人移民的文学作品，例如马克·吐温（Mark Twin，1835—1910）的长篇小说《苦行记》（Roughing It，1872）、布勒特·哈特（Bret Harte，

[①] 仇华飞. 早期中美关系研究（1784—1884）[M]. 北京：人民出版社，2005：1.

1836—1902）的《异教徒中国佬》（*The Heathen Chinee*，1870）等。这些小说的作者大多站在正义的立场上，揭露了美国白人对华人的欺骗、侮辱和压迫，在对华人的不幸遭遇表示同情的同时也不免流露出一些种族偏见。

1873 年 9 月 19 日"黑色星期五"，股票市场大崩溃，金融恐慌，加利福尼亚遭受了经济大萧条，人们大批失业，华人成了替罪羊。他们被赶出了田野，成了加利福尼亚流动工人大军的先头部队。美国国内掀起了反华排华的浪潮，软弱的清政府没有能力保护在美国的华人，只能任事态发展。1882 年，美国国会在未与清政府协商的情况下通过了《排华法案》，后来又通过各项立法进一步巩固和发展了这个法案，直到 60 年后的 1943 年，《排华法案》才被废除。散居在美国各地的华人为了寻求安全与认同，纷纷躲避到旧金山、纽约等地的唐人街居住。1882 年《排华法案》颁布之后的一段时间里，美国文学对华人形象的塑造多是以唐人街为背景的，这些作品有的采用自然主义的笔法暴露唐人街的黑暗面，将华人塑造成残忍、愚昧、邪恶的种族，例如，切斯特·白利·佛纳德（Chester Bailey Fernald，1869—1932）的短篇小说《猫和金童》（*The Cat and the Cherub*，1896）和《残忍的一千年》（*The Cruel Thousand Years*，1896），多勒（C. W. Doyle，1852—1903）的《钟龙的阴影》（*The shadow of Quong Lung*，1900）、休·威利（Hugh Wiley，1884—1968）的短篇小说集《玉和其他故事》（*Jade and Other Stories*，1922）、《满洲血》（*Manchu Blood*，1927）等；有的虽然带着同情的口吻诉说着华人的悲惨遭遇，塑造了值得尊敬的华商、学生的形象，但是不时地摆出一种居高临下的救世主的姿态，强调只有基督教才能免除华人的不幸，这样的小说有玛丽·布莱辛·巴姆福德（Mary E. Bamford，1857—1946）的《迪：旧金山中国城故事》（*Ti: A Story of San Francisco's Chinatown*，1899）、爱丝特（Nellie Blessing Eyster，1836—1922）的《中国教友派：一部并非虚构的小说》（*A Chinese Quaker: An Unfictional Novel*，1902）、路·薇特夫人（Mrs. Lu Wheat，1840—1909）《阿门，一个中国姑娘的故事》（*Ah Moy: A Story of A Chinese Dirl*，1906）等。

20 世纪初以来，有关华人定型化的刻画在小说、戏剧和电影以及各种媒体中频频出现，其中最有代表性的就是傅满洲和陈查理，他们分别代表了美国社会对华人的两极认识。

二、傅满洲

傅满洲是美国文学中一个典型的负面华人形象,同时也是 20 世纪西方大众文化中"黄祸"的形象代表,在他身上集中了美国白人对东方华人世界的所有负面想象。1913 年,英国通俗小说作家萨克斯·洛莫尔(Sax Rohmer,1883—1959)开始创作有关傅满洲的系列小说,他的第一部傅满洲小说《傅满洲博士之谜》(*The Mystery of Dr. Fu-Manchu*,1913)的出版,使他和他的人物都一举成名。小说销售了上百万册,被翻译成 10 多种语言。第二次世界大战后,洛莫尔来到美国,继续创作傅满洲的故事。洛莫尔在 1913 到 1959 年间,一共写过以傅满洲博士为主要人物的 13 部长篇小说、3 部短篇小说和 1 部中篇小说。在《阴险的傅满洲博士》一书中,洛莫尔是这样描述傅满洲形象的:"试想一个人,高高的,瘦瘦的,像猫一样不声不响,肩膀高耸,长着莎士比亚的额头,撒旦的脸,脑袋刮得精光,细长的、不乏魅力的眼睛闪着绿光,像猫眼一样。他集东方人的所有残忍、狡猾、智慧于一身,可以神不知鬼不觉地调动一个财力雄厚的政府能够调动的一切资源。试想那样一个可怕的人,你心中就有了一副傅满洲博士的形象。"[①]洛莫尔创造的这个天才博士是一位科学家,他在小说中行踪无定、神出鬼没,曾经组织过多次恐怖活动,妄图统治整个世界,但总是功亏一篑,被白人警察挫败,在每一部作品的结尾,大家都以为他已经死了,而到下一部作品中,他又神奇地出现了,并酝酿着更加阴险的活动。后来,好莱坞开始拍摄有关傅满洲题材的恐怖电影,陆陆续续一共拍摄了 14 部,这一形象在美国的各种媒体中广为流行,拥有数以百万计的读者和观众。洛莫尔多次提到傅满洲代表着一个正在崛起的亚洲政权,因此,这个形象一次又一次地唤起美国乃至整个西方世界对东方抱有的戒备和恐慌心理,历史上成吉思汗游牧部落的西征,近代义和团的反抗运动以及当代中国军队参加的抗美援朝战争,都给美国人留下了深刻的记忆,他们担心中国会再次强大起来,形成对美国的威胁,因此就想象出一个强大而邪恶的假想敌——傅满洲,把他当作新时期"黄祸论"的形象代言人。抗日战争期间,好莱坞安排了傅满洲的自然死亡,这一形象暂时在银幕上消

---

① 姜智芹. 镜像后的文化冲突与文化认同:英美文学中的中国形象[M]. 北京:中华书局,2008:256.

失了，但是当"冷战时期"开始，中美关系恶化以后，傅满洲这个形象又死灰复燃，以更加邪恶和恐怖的形象出现，因此，他的形象成为中美关系的晴雨表。

三、陈查理

陈查理是美国作家厄尔·德尔·比格斯（Earl Derr Biggers，1884—1933）于 20 世纪 20 年代创造出来的华人神探形象，他正直诚实、聪慧机敏、沉着冷静、谦和慈爱、风趣幽默，先后出现在比格斯创作的六部侦探小说中，在第一部小说《没有钥匙的房间》（*The House Without a Key*，1925）中，陈查理还不是主角，在后面的小说中，他不断成长，渐渐成为小说里的中心人物，并且深受美国读者的喜爱。后来，这一形象又陆续被搬上银幕和电视屏幕，使陈查理成为美国家喻户晓的人物形象。作者是这样描述他的外貌特征的："这个人很胖，可走起路来却步履轻如女人，他生着孩子般的圆脸，白净的皮肤，短而密的黑发，斜挑的眉毛，上吊的双目。"①陈查理的出现丰富了美国文学中的华人形象画廊，在此之前塑造的华人形象多是受凌辱的苦力或施暴力的恶魔，而他则是一个探案本领高超、满口格言警句、深得大家尊重与爱戴的中产阶级，小说中也写到某些人对陈查理怀有的种族偏见，但是陈查理一般都是对此保持克制和沉默，偶尔也回敬两句，最后以成功地破获了一个又一个疑案而证明华人的智慧，同时也赢得了美国白人的尊重，是典型的"模范移民"。虽然，有论者认为他胖男孩般的外形和他谦恭温和的性格缺少阳刚之气，且有取悦于美国读者和观众的嫌疑，但是比起先前美国作家笔下的华人形象还是前进了一步，在他之后，赛珍珠以饱含深情的笔墨在著名的长篇小说《大地》中描绘了许多中国本土的华人形象。

四、赛珍珠的中国农民形象

在塑造华人形象的作家中，赛珍珠占有一个重要而特殊的位置。哈罗德·伊萨克斯曾评价道："在所有喜爱中国人、试图为美国人描述并解释中国人的人当中，没有一个人能够做得像赛珍珠那样卓有成效。没有一本关于中国的书比她那著名的小说《大地》具有最强大的影响力。几乎可以说，她为

---

① 宋伟杰. 中国·文学·美国：美国小说戏剧中的中国形象[M]. 广州：花城出版社，2003：134.

一整代的美国人'制造了中国人'。"①

　　赛珍珠有着得天独厚的经历，她从小随传教的父母在中国比较落后的地区和普通百姓为邻，曾和中国小孩一起玩耍，家里雇佣的都是中国佣人。后来和丈夫在宿州生活时，也同中国的普通农民有过许多交往，因此对他们的生活十分熟悉，并且与他们建立了深厚的感情。父母为她从小树立了平等的观念，告诉她要善待中国人，尊重并学习中国文化，他们还给赛珍珠请了一位姓孔的秀才做家庭教师，使她从幼时起就接受了中国传统文化的熏陶。在南京金陵大学和东南大学任教其间，赛珍珠还特意请国学造诣颇深的龙墨乡先生辅导她阅读大量中国古典和现代的文学作品。赛珍珠曾经说过："我不喜欢那些把中国人写得奇异而荒诞的著作，而我的最大愿望就是要使这个民族在我的书中如同他们自己原来一样真实正确地出现，倘若能够做到的话。"②如何能够让中国人真实地出现在小说中呢？与大多西方作家不同，她能够抛弃种族偏见，在很大程度上站在中国人的立场上，用中国人的视角来看待生活、认识世界，用饱含深情的笔墨刻画她所了解的中国人形象，特别是农民形象，例如对于《大地》中的女主人公，从小卖给大户人家的厨房丫头阿兰，作者是这样描写的："她的脸方方的，显得很诚实，鼻子短而宽，有两个大大的鼻孔，她的嘴也有点大，就像她脸上的一条又深又长的伤口。她的两眼细小，暗淡无光，充满了某种没有清楚地表现出来的悲凄。这是一副惯于沉默的面孔，好像想说什么但又说不出什么。"③阿兰长得并不美，而且没有缠足，但是她高大结实、吃苦耐劳、性格温顺，为全家操劳一生后默默地死去，她是中国农村劳动妇女的典型。《大地》中的另一个主人公王龙（阿兰的丈夫）是一位对土地有着深厚感情的中国人，他的祖祖辈辈都是面朝黄土背朝天的农民，他本人从小也在田间干活，和妻子收获着土地给他们带来的苦与乐，虽然后来因为一笔意外之财而当上了地主，但是每当遇到烦恼就到田地上干一阵农活，嗅一嗅泥土的芳香，躺着地上睡一觉，只有这样才能使他心头的伤口愈合，从而恢复原有的生气。当他老得不能再扶犁耕田时，也要从城里回到乡下，去地里看看。弥留之际，儿子们提出要卖地，王龙流下了眼泪，

---

　　① 哈罗德·伊萨克斯. 美国的中国形象[M]. 于殿利，陆日宇，译. 北京：时事出版社，1999：212.

　　② 章伯雨. 赛珍珠评论集：勃克夫人访问记[M]. 郭英剑，编. 桂林：漓江出版社，1999：603.

　　③ 赛珍珠. 大地三部曲·附录[M]. 王逢振，等译. 桂林：漓江出版社，1998：16.

断断续续地说："当人们开始卖地时，那就是一个家庭的末日。我们从土地上来的，我们还必须回到土地上去。"①中国读者看到这一形象都会因为他的真实而感到十分亲切。20 世纪 30 年代，如斯坦贝克在《愤怒的葡萄》中所反映的，美国的许多农民因为经济大萧条等原因被迫离开祖辈耕耘的土地，踏上西迁之路，他们对土地的那份依恋和王龙又是何等的相似啊！这也是《大地》在美国一出版就引起轰动的原因之一。

中国农民不像西方人那么有宗教观念，他们只是在进行祭祖、祈福等活动时才显得十分虔诚，对于外来的宗教更是一窍不通。一次，一位外国传教士塞给王龙一张纸，"纸上有一个人像，白白的皮肤，吊在一个木质的十字架上。这人没穿衣服，只是在生殖器周围盖着一片布，从整个画面看他已经死了，因为他的头从肩上垂下，两眼紧闭，嘴唇上长着胡子"②。人像下面有些字，但王龙一个都不认识。王龙对这幅画感到很害怕，他的老父亲凭着自己的经验猜测那画上的人肯定是坏人，要不怎么会那样吊着呢？后来，阿兰为了使鞋底更结实，把这张纸缝了进去。赛珍珠虽然是传教士的女儿并一度具有传教士的身份，但是在这里，既没有声讨异教徒王龙一家人对西方神灵耶稣的亵渎，也没有嘲笑他们对西方文化的无知，她只是想写出中国农民的朴素和实际，无论是好是坏、是悲是喜、是苦是乐，都是最真实的。对此，有不少美国教徒写信指责她，纽约传教董事会负责中国事务的执行秘书长考特尼·芬恩认为她不该用艺术家的身份取代传教士的身份，而这恰恰从反面说明了赛珍珠对艺术的尊重。

另外，她写到王龙眼中的那位外国传教士模样奇怪、可怕，那个人瘦高个，身子有点弯曲，像被狂风吹过的树一样，他"长着像冰一样的蓝眼睛，满脸胡子"，皮肤是红的，手上长满了毛，还有一个突出的大鼻子，王龙"虽然害怕从他的手上拿任何东西，但看到这个奇怪的眼睛和可怕的鼻子，他又不敢不拿"③。这段描写不禁使人联想起近现代中国人在提到西方人时常用的套话——"洋鬼子"，它反映了国人对洋人的陌生、惧怕和仇恨的心理，赛珍珠认为，中国作为一个民族并不排外，而外国传教士的确为配合西方帝国主义对近现代中国的侵略而扮演了不光彩的角色，她在 1932 年 11 月 2 日给

---

① 赛珍珠. 大地三部曲·附录[M]. 王逢振，等译. 桂林：漓江出版社，1998：287.

② 赛珍珠. 大地三部曲·附录[M]. 王逢振，等译. 桂林：漓江出版社，1998：99.

③ 赛珍珠. 大地三部曲·附录[M]. 王逢振，等译. 桂林：漓江出版社，1998：99.

长老会女教徒的演讲中谴责那些西方传教士"对他们所要拯救的人民如此缺乏同情；对除他们自己国家的文明以外的其他文明，如此不屑一顾；对一个高度文明、十分敏感的民族，竟如此粗暴鲁莽，我感到自己的内心因羞愧而在滴血"[①]，不久，她就辞去了传教士的职务以表明自己的立场。正是由于她的正义感和同情心超越了民族、宗教和阶级的局限，她才能保持深沉与亲切的人性，以纯粹的客观性真实地描绘中国人的形象，她的农民史诗《大地三部曲》才能打动全世界读者的心灵，促进西方世界了解和重视中国人。

第二节　中国智者与沉默的羔羊
——斯坦贝克笔下的华人形象

20 世纪 50 年代，美国记者哈罗德·伊萨克斯（中文名叫伊罗生）对 181 位具有不同职位、民族、党派、信仰、性别的美国专家进行了采访，他们对于信息的传播和公众思想观念的形成起着十分重要的作用，哈罗德通过对他们的观点进行归纳和总结，发现中国人在美国人心目中的形象主要有两种：一种是极度聪明、持久勤奋、遵守孝道、爱好和平、坚忍克制、坚强、质朴、勇敢等正面的形象，另一种是残忍、野蛮、强壮有力、麻木不仁、无个性、难以渗透、迷信无知等负面的形象，"在漫长的与中国的接触过程中，这两种形象时起时落，时而占据、时而退出我们心目中的中心位置。任何一种形象都从未完全取代过另一种形象。它们总是共存于我们的心目中，一经周围环境的启发便会立即显现出来，毫无陈旧之感，它们还随时出现在大量文献的字里行间，在每个历史时期均因循环往复的感受而变得充实和独特"[②]。纵观斯坦贝克的创作，他笔下的华人形象也是正面与负面兼而有之，但是，随着对中国文化和美国华人的进一步了解，他对华人的态度逐渐从冷漠与嘲讽转向了同情与赞赏。斯坦贝克本人所接触的和描写的主要是在美国的华人，特别是他的家乡加利福尼亚的华人，笔者将他们分为两大类：中国智者和沉默的羔羊。对于第一类形象，作者多采用正面描写的手法，而且着墨颇多；

---

① 刘海平. 赛珍珠和她的中国情结《大地三部曲·总序》[M]. 桂林：漓江出版社，1998：23.
② 哈罗德·伊萨克斯. 美国的中国形象[M]. 于殿利，陆日宇，译. 北京：时事出版社，1999：77.

相比之下，第二类形象多采用侧面描写的手法，且以群像为主。

一、中国智者

中国智者的形象在西方的出现最早可追溯至马可·波罗和曼德维尔的游记中，其中富有智慧和德行的中国皇帝忽必烈大汗的形象得到了推崇和赞赏。到了 17、18 世纪，欧洲来华的耶稣会士和一些作家的作品中也出现了开明君主和智者贤士的形象，例如英国作家哥尔斯密在《世界公民》中就塑造了一位来自中国河南的哲学家李安济·阿尔坦基（Lien chi Altangi）的形象。李安济以书信的形式对英国的政治、法律、宗教等方面加以评论，他的博学睿智和儒雅风度令英国人甚为惊叹，同时也让他们开始反省自己国家中存在的种种问题。继欧洲文学之后，美国文学中也不乏中国智者的形象，例如布勒特·哈特的幽默诗《异教徒中国佬》中的华工阿新（Ah Sin）、休·威利的短篇小说集《满洲血》中的华人厨师吉姆·辛（Jim Sin）、比格斯的华人侦探陈查理等，与之相比，斯坦贝克塑造的中国智者有自己的特色，他们既不像阿新和吉姆·新那样过于狡诈，也不像陈查理那样过于谦逊，而是秉承着中国的古老智慧，过着一种与世无争同时又有尊严的生活。他们几乎都姓李，例如厨师李、李中、李庆中，这并非巧合，因为斯坦贝克在给他作品中的人物起名时往往是匠心独运的，例如在《伊甸之东》中，特拉斯克家族的故事阐释的是圣经中该隐与亚伯的神话，其成员主要分为善与恶两组，以字母 A 开头的人物有亚当（Adam）、亚伦（Aron）和阿布拉（Abra），使人联想起亚伯（Abel）；名字以 C 开头的人物有塞拉斯（Cyrus）、查尔斯（Charles）、卡西（Cathy）和迦尔（Cal），使人联想起该隐（Cain）的邪恶和堕落。由于斯坦贝克对中国的道家思想十分推崇，而据《史记·老子韩非列传》中记载道家的创始人老子"姓李氏，名耳"，很多书中就都称老子为李耳，因此，斯坦贝克就给充满智慧的华人冠以李姓。这些智者在行为方式、处事原则上都或多或少地遵循着"道"，同时又运用智慧不断地调整自己，以适应美国的生活环境，作者对他们表现出的更多是钦佩和赞美。

（一）李中

李中是在小说《罐头厂街》中出现的一位华人食品杂货商，他是一个较好地融入美国社会的华裔形象，那么他是靠什么在美国立稳脚跟，并且赢得所有街坊尊敬的呢？笔者认为，主要是聪明、勤勉和友善，这也是在美国的大多数优秀华人的共同特点。美国评论家罗伯特·S.休斯认为，"杂货商李中继承了中国的智慧和美国的实用主义，将人放在利益之前，同时又试图平衡他的账目"①。的确，从始至终李中都在运用智慧，在金钱和人道之间寻求着微妙的平衡，这也正是斯坦贝克最欣赏李中的地方。在斯坦贝克的小说中，他对商人的评价往往是贬多于褒，例如对《煎饼坪》中的托瑞利、西蒙，《愤怒的葡萄》中的汽车配件商，《珍珠》中的珠宝商等等，都进行了讽刺、挪揄甚至是谴责，因为在资本主义的商业原则中充斥着唯利是图、乘人之危、斤斤计较、欺诈哄骗等现象，李中在激烈的商业竞争中能够生存下来，实属不易，虽然有时也不能免其俗，但是总能够用其他方式进行弥补，因此，他总能够和气生财、化失为得，生活得很好。最典型的就是"宫殿客栈"的交易。罐头厂街的居民没有不欠李中钱的，但李中从来没有向谁逼过债，霍拉斯·阿贝威尔先生在李中的店里经常赊账，最后无力偿还，以一处房子抵债，然后开枪自杀。李中因此感到悲痛和遗憾，他不但担负了死者的丧葬费用，给他的家属送去一洗衣篮食品、杂货，而且还善待死者留下的六个孩子，长期免费供给他们糖果吃。马克一伙流浪汉提出要在霍拉斯抵债的那处房子栖身，李中出人意料地同意了，因为他看到了马克等人的无用之用：他们将是未来杂货店忠实的保安和顾客，由此给他带来的收益大于付出，于人于己都是好事，可谓双赢。马克他们搬进那处房子后，给它起名为"宫殿客栈"，作为房东，李中还总是避得远远的，以免住在里面的人感到不自在。马克他们首次为多克举办的宴会以失败而告终，付给李中的青蛙也都纷纷逃跑，使李中的经济遭受了损失，起初，李中感到十分不快，但是后来他还是原谅了这群流浪汉，不但一笔勾销了青蛙债务，还送去一品脱他们最喜欢喝的网球鞋老酒，马克他们又开始到他的店里去买东西了。

另外，李中的勤勉也是很突出的。他的铺子不仅货物齐全，而且天一亮就开门，直到最后一个顾客离去才打烊。李中和他的亲戚、儿子和儿媳每天都站在店堂里迎接顾客，一边不停地在算盘上加加减减，计算着利息和折扣，一边还要提防着有人乘其不备搞些小偷小摸。他和家人生活得很简朴，为了保暖，他舍不得买一块地毯，而只是在脚下垫一叠报纸，一只宽股的结婚戒

---

① Jackson J. Benson. The Short Novels of John Steinbeck[C]. Durham and London: Duke University Press，1990：120

指是他仅有的首饰,作者说:"也许他根本就没有钱,也许他的财富全部都在未付清的账单上。"①

李中在罐头厂街赢得了大家的尊敬,他将自己很自然地融入其中,参加他们的聚会,例如给多克举办的宴会,并送上具有中国特色的礼物——百合和鞭炮,他是斯坦贝克构建的这个和谐世界的一份子,一颗蒙特雷宇宙里的亚细亚式的行星。

(二)四位李姓老学究

《伊甸之东》中的老李在研究圣经的时候,曾经求教于本宗族的四位李姓的老学究,他们住在旧金山,年高德劭、满腹经纶、擅长训诂学,年纪最小的也在 90 岁开外。他们为了研究圣经居然在一位犹太法学博士的帮助下学起希伯来文,并且用中国的笔墨从上到下、从左到右来书写,没过多久,他们的希伯来语水平居然超过了那位犹太法学博士,两年以后,他们吃透了《圣经·创世纪》第四章十六节的文字之后,终于得出了令人满意的解释:Timshel 这个词应当翻译为"你可以",后来,他们又开始学起希腊文了。老李为这些老学究们的聪明睿智和刻苦钻研的精神所感动,从而增强了民族自信心和自豪感。塞缪尔认为"简直不可思议",读者恐怕也有同感,这些老学究更像是神话中的仙人,成为古老中国的象征,而作者在解释老李和那些李氏宗族的老学究如何能够保持旺盛的精力和清晰的头脑时,竟然说是因为他们善于利用鸦片,不多不少,每天"下午抽两筒鸦片,心旷神怡,晚上很迟才睡,头脑清楚极了"②。鸦片是一个在西方及中国近现代史上经常出现的话题,无论是在中国还是西方,它所指的不仅仅是药品或毒品,而在经济、历史、文化等层面上被赋予了诸多的内涵。根据周宁在《鸦片帝国》一书中推测:鸦片最早出现在新石器时代的欧洲,唐宋时期传入中国,起初只是作为药品治疗痢疾、咳喘等病症,仅限于上流社会,到了明朝才流行于民间。鸦片作为毒品进入中国大约始于清朝雍正年间,此时雍正皇帝已经开始禁烟,但是英国人为了追求商业利益还是源源不断地将鸦片运往中国,鸦片作为毒品在中国渐渐流行开来,"到同治年间,中国的吸烟人口已达 4000 万人,将近总人

---

① 约翰·斯坦贝克. 斯坦贝克选集·中短篇小说选·二:罐头厂街[M]. 李玉陈,译. 北京:人民文学出版社,1984:118.

② 约翰·斯坦贝克. 伊甸之东[M]. 王永年,译. 上海:上海译文出版社,2004:344.

口的十分之一"①。吸食鸦片极大地损害了中国国民的身心健康，使中国变得愈加贫弱，成为西方列强肆意掠夺的目标，而在西方人的印象中，中国人已经与鸦片紧密联系在一起，吸鸦片的中国人形象不仅出现在中国本土，而且出现在英美等国的中国城里，西方作家塑造的负面华人形象也大都吸鸦片，于是鸦片几乎成了中国人、堕落、罪恶、黑暗的代名词。令人费解的是，斯坦贝克对鸦片的作用却进行了美化，全然不顾它的负面效应，因此，真正善于利用鸦片的不是中国人而是作者自己。

（三）厨师李

在游记《斯坦贝克携犬横越美国》（1962）中，斯坦贝克写道，他路过缅因州时，正值开放狩猎的时节，这不由得使他回忆起一位在萨利纳斯农庄里认识的中国厨师李。李同样是一个智者形象，他发现每当狩猎季节开放时，常有子弹打到附近屋脊上的树木中，于是就在残木的两边钉上一对鹿角，然后放在他的小木屋上，等到整个狩猎季节结束后，再把铅弹从残木中挖出，收集其中的铅换钱花，有时甚至可以取出50多磅的铅，对于生活不无小补。几年以后，残木被打烂了，他又用沙袋和一双鹿角组合，在狩猎季节继续收集铅，结果收获更大。这个做法不禁令人联想到《三国演义》中诸葛亮草船借箭的故事，二者有异曲同工之妙。作者说，如果厨师李能够做50个沙袋来收集子弹，就会发财了，但李只想借此补贴家用，对大量制造没有兴趣，他的这种既因势利导、又知足知止的行为颇有道家之风。

二、沉默的羔羊

斯坦贝克塑造的另一类华人多是处于美国社会底层和边缘地位的体力劳动者，他们受到白人劳动者的敌视和排挤，为了生存不得不忍气吞声，接受资本家的残酷剥削。他们在美国开发西部的过程中修建铁路、治理滩涂、种植庄稼，干的是又脏、又累、又危险的工作，为西部的发展作出了杰出的贡献，但是却得不到应有的待遇，他们处于被言说的失语状态，对美国白人的欺侮采取逆来顺受的态度，为此，笔者将这一类华人称为"沉默的羔羊"。

（一）与名门闺秀恋爱的华工

收入《长谷》（*The Long Valley*，1938）的短篇小说《约翰尼大熊》（*Johnny*

---

① 周宁. 鸦片帝国[M]. 北京：学苑出版社，2004：42.

Bear）讲述了这样一个故事：在加利福尼亚州的洛马小镇上有两位出身高贵的中年妇女——霍金斯姐妹，她们的品行一直为当地人所称道，一些华工在她们家的农场上以分成的方式租种田地，妹妹艾米因为忍受不了孤独，与一位华工发生了暧昧关系，并怀有身孕，他们的事情被喜欢偷听并善于模仿别人声音的约翰尼公之于众，艾米因此上吊自杀了。

对于艾米小姐，作者描述道："她身体外缘显露出柔和的线条，眼睛里饱含热情，嘴巴圆圆的，她的胸脯高高隆起。"[①]而对那个华工，作者着墨不多，没有进行正面描写，也没有透露他的姓名，只是通过小说中的"我"——一位到洛马小镇附近开挖沼泽地的工人来感受他："我仿佛听见树篱后面霍金斯家院内有一种低低的哭泣声。一次，当迷雾从我身边散开时，我看见一个黑影匆匆地在田野里朝前跑去。从那拖沓的脚步声中，我想这是一个华工穿拖鞋的脚步声。他吃了不少只有夜里才能弄到的东西。"[②]另外还有一位农场主亚历克斯向"我"称赞霍金斯农场上的华工，希望自己的农场上也能有这样的好工人。

在美国的历史上，华人农业工人吃苦耐劳、队伍稳定、劳力廉价，他们给美国带来了传统的农业技术，为加利福尼亚的农业生产作出了杰出的贡献，美国历史学家休伯特·班克罗夫特曾经说过："他们作为农业劳工的价值得到了普遍的承认，如果没有这些招之即来的廉价劳工，农场主常常不知道怎样开垦田地，收割庄稼。"[③]尽管华工在农场上表现得十分出色，而且小说中也没有具体写到有谁对华人表示出不敬，但是我们却从艾米小姐的恐惧乃至自杀的行为中隐隐地感受到在洛马镇华工所受到的歧视，这种歧视在19世纪后半叶至抗日战争前的美国十分普遍。1862年，美国的一位种族优越论者斯陶特就曾撰文称："高加索人种（包括它的各种类型）被赋予了超越所有其他人种的最高尚的心灵和最美丽的身体。"[④]"我们同欧洲人通婚，那只不过是繁殖我们自己的高加索类型；我们同东亚人混合，那就是在创造退化的混血儿。"[⑤]根据吴启超先生的记述，在20世纪初的美国，包括加利福尼亚州

① 约翰·斯坦贝克. 约翰尼大熊[J]. 敖得列，译. 南昌：百花洲文艺出版社，1988（1）：209.

② 约翰·斯坦贝克. 约翰尼大熊[J]. 敖得列，译. 南昌：百花洲文艺出版社，1988（1）：11.

③ 陈依范. 美国华人史[M]. 韩有毅等译. 北京：世界知识出版社，1987：101.

④ 吕浦. "黄祸论"历史资料选辑[J]. 北京：中国社会科学出版社，1979：10.

⑤ 吕浦. "黄祸论"历史资料选辑[J]. 北京：中国社会科学出版社，1979：12.

在内的十一个州是禁止白人和华人之间通婚的。①而根据小说中描述的一些细节，如亚历克斯的福特牌汽车和霍金斯家的马车以及作品出版年代推断，故事发生的背景应该是在 20 世纪初期，在充满种族偏见的环境里，华工是不能光明正大地同艾米小姐谈情说爱的，只能像鬼魅一样出现在黑暗中，并且因为与艾米发生关系而导致对方自杀，而艾米则成为种族偏见的牺牲品。斯坦贝克在这篇小说中又一次重复了这样一个主题：华人男子与白人女子之间的爱情禁忌。

（二）修建铁路的华工

19 世纪中叶，由于清政府腐败无能，横征暴敛，镇压太平天国伤及无辜以及西方列强的侵略，自然灾害的频仍，人民反清运动的高涨，使得广东的经济凋敝，人民无以生计，他们只得将目光转向海外。去美国的华工主要是以赊单制出国的，其主要特征是：①华工自由与雇主就船票、伙食的垫付与偿还签订合同；②移民与经纪人一般都是老乡之类关系比较密切的人；③没有规定出国必为谁工作，负责接待和安置的主要是侨团；④没有较明确的还债期限，一般是按出国后每月工资的一定比例偿还。1863 年，中央太平洋铁路上马，其中 80% 的修建任务是由华工担任的，而且分配给华工的活往往是最险最累的活，工资比白人劳工低得多，伙食还得自理。1869 年 4 月 28 日，在建设美国中央太平洋铁路时，华工接受苏格兰劳工的挑战，创下了一天铺设 10 英里轨道的最快记录。中央太平洋铁路与联合太平洋铁路接轨之前，华工再一次接受爱尔兰劳工的挑战，创下了一天铺设 10 英里多轨道的世界记录，中央太平洋铁路公司的第一任总经理利兰·斯坦福在 1865 年 10 月 10 日的一份报告中称赞华工道："作为一个阶层，他们安详、平和、耐心、勤劳、节俭。他们（比白人劳工）更为谨慎和节俭，因而工资少点也毫无怨言。我们看到他们组织起来互帮互助。如果没有华人，要在《国会法案》规定的时间内建成这个宏大的全国性工程的西段，是完全不可能的。"②尽管大家公认华工为修建美国西部铁路作出了杰出的贡献，但是 1869 年 5 月，中央太平洋铁路与联合太平洋铁路接轨，整个工程结束后，在铁路开工的起点萨克拉门托的通车庆典上却没有华工的身影，华工就这样销声匿迹了。

---

① 吴景超. 唐人街：共生与同化[M]. 筑生，译. 郁林，校. 天津：天津人民出版社，1991：274.
② 陈依范. 美国华人史[M]. 北京：世界知识出版社，1987：88.

在《伊甸之东》中，斯坦贝克借华人老李之口还原了这段历史："我得先告诉你，你们美国人在西部修建铁路时，修路基、铺枕木、钉铁轨等等累死人的活都是千千万万的中国人干的。"①老李的父亲就是其中的代表，他是来自广东的赊单华工，为了还债才与美国铁路公司签约的。作者写到了他们在旅途中受到的非人待遇：没有经过体格检查、注射疫苗之类的手续，成群的人就像牲口一样给装进一条轮船的黑洞洞的船舱，经过六个星期的漂泊才到达旧金山，到了旧金山，又要坐一段火车进山区，在高山草地上宿营。他们所要干的就是劈山开路，在峰峦下面挖隧道的活。这种工作不但繁重，而且危险重重，由于是高山爆破作业，经常会面临高寒、雪崩、滚石等情况，死伤时有发生，老李的父亲就曾经被山上滚落的石头砸断了腿。尽管工作条件艰苦、危险大、工资低，华工还是出色地完成了修建铁路的工作。斯坦贝克赞扬了华工的吃苦耐劳、喜欢清洁和安分守己，对他们遭受的非人虐待给予了深切的同情。

（三）田野里的华人农奴

在《愤怒的葡萄》中，斯坦贝克写到了加利福尼亚农场中的华人农奴。华人被运到美国，和日本人、墨西哥人、菲律宾人一起，在美国的大农场受到残酷的剥削。起初，他们帮助农场主种粮食，后来又改种蔬菜和棉花，种粮食的时候，他们可以站着干活，"但是他在成行的莴苣之间却只能像甲壳虫似的爬行，在成行的棉花之间只能弯着腰，拖着那长口袋走，在卷心菜地上只能像一个苦行者似的跪着走"②。农场变得越来越大，农场主们获得了丰厚的利润，而华人在这里干着繁重的体力劳动却经常挨饿，而且还要像奴隶一样忍受打骂和恐吓，如果反抗就会被打死或者驱逐出境，而农场主们却说："那些人吃大米和豆子，他们的需要不大。他们如果拿到太多的工资，也不知怎么处置。"③起初，他们付工资给干活的人，然后卖食物给他们，把钱收回来。过些时候，他们干脆不付工资，用赊账的办法供给他们食物，当工人干完活后，也许会发觉他可能还欠了农场的钱。后来，小说中美国中部破产农民的代表的——乔德一家也像华人一样被迫在棉花地里拼命地干活，却很难养活一家人，于是愤而走上了革命的道路，说出了"凡是有饥饿的人为了吃

① 约翰·斯坦贝克. 伊甸之东[M]. 王永年，译. 上海：上海译文出版社，2004：404.
② 约翰·斯坦贝克. 愤怒的葡萄[M]. 胡仲持，译. 上海：上海译文出版社，2004：266.
③ 约翰·斯坦贝克. 愤怒的葡萄[M]. 胡仲持，译. 上海：上海译文出版社，2004：266.

饭而斗争的地方，都有我在场。凡是有警察打人的地方，都有我在场"①的话。资本家对劳动者的压榨虽然是不分种族的，但是华奴因为不能享受美国法律的保护和任何救助，境况尤其悲惨。

（四）罐头厂街的中国佬

"Chinaman"（中国佬）和"Wop"（意大利佬）、Polak（波兰佬）、"Nigger"（黑鬼）等一样，是美国历史上带有种族歧视色彩的词语。在 19 世纪末，美国通过了一系列的排华法案，华人处境十分恶劣的时候就流行着这样一句谚语：Chinaman's Chance，意思是指希望渺茫，没有机会可言。斯坦贝克在小说《罐头厂街》中描述了一群在罐头厂做工的中国佬（Chinamen）的形象和一位老中国佬（An Old Chinaman）的形象，他们是受歧视的华人代表。

每天早晨，当罐头厂的汽笛发出尖细刺耳的声音，中国佬就穿着长裤子和胶皮上衣，带着油布工作裙，和意大利佬、波兰佬"从城里蜂拥而至，一路跑着，到罐头厂洗鱼，切鱼，装鱼，烧鱼，把鱼制成罐头"，直到最后一条鱼被制成罐头，汽笛又尖叫起来，这些工人已经累得筋疲力尽，他们"身上滴着污水，带着鱼腥味，争先恐后地挤出厂门，萎靡不振地走上山岗，回到城里"，此时已是落日时分。②这就是斯坦贝克展现给读者的罐头制造业华工的生活——紧张忙碌、乏味单调、工作时间长，而这正是华工生活的真实写照。根据陈依范在《美国华人史》中记述，罐头制造业曾是促进美国经济发展的重要产业之一，从 19 世纪后半叶至 20 世纪 30 年代，华人一直在这一领域大显身手，他们大多是来自中国沿海省份的农民或渔夫，有着捕鱼和加工鱼类的经验，而且不辞辛苦，能够忍受恶劣的工作条件和繁重的体力劳动，为了按照要求把捕上来的鱼全部加工完，他们每天工作长达 11 个小时，因此斯坦贝克对罐头厂华人的描写是符合历史真实的。

小说中的那位华人老者，他已经不能再做工了，被抛弃在这个世界之外："他头戴一顶古老的扁草帽，身穿蓝粗布衣裤，脚上蹬着一双重实实的鞋子，其中一只的鞋底快脱落了，走起路来在地上发出啪嗒啪嗒的声音。老头手里提着一只带盖的藤篮。他面颊干瘦，面色棕黄，脸上的肌肉像痉挛似的拉得紧紧的；一双呆滞的棕黄眼睛连眼白也是棕黄的，深深地陷在眼窝里，像是

---

① 约翰·斯坦贝克. 愤怒的葡萄[M]. 胡仲持，译. 上海：上海译文出版社，2004：487.

② 约翰·斯坦贝克. 斯坦贝克选集·中短篇小说选·二：罐头厂街[M]. 李玉陈，译. 北京：人民文学出版社，1984：116.

从洞里往外看。"①每当太阳西下，路灯还没有亮的时候，他就从山岗上走来，经过罐头厂街，越过小海滩，消失在码头的木桩和铁柱之间。到了拂晓时分，路灯灭了，天还没有大亮，他又蹑手蹑脚地走出木桩，提着滴水的藤篮子，穿过海滩和街道，走上山岗，进入一道用木板筑起的篱笆门内，直到傍晚才能再见到他。

从华人老者的身上我们看到了当时许多美国人印象中华人的典型特征：黄皮肤、贫穷、呆滞、漠然、拖沓，另外，作者还特意渲染了老者的沉默孤独和行踪诡秘，他像一个怪诞丑陋的黄皮肤玩偶，总是出现在光线昏暗的时候，沿着固定的路线穿行于山岗和码头之间，而且自始至终没有说过一句话，没有表现出任何喜怒哀乐，"他身上带着一股令人害怕的迷雾"，这层迷雾使他游离于众人之外，跟周围的世界没有任何接触和交流，同时也让人感到恐惧不安和不可捉摸，因此有人认为他象征着上帝，有人认为他象征着死神，有人认为他象征着"隔离的恐怖"。②很显然，在这里，作者对华人老者进行了异类化和漫画化的处理。所谓异类化和漫画化就是将华人的特征进行夸张的描写，如同先前西方人对成吉思汗和他的游牧部落、义和团和黄祸的描写一样，是为了显示华人非我族类、滑稽可笑和危险可怕，其背后有着深刻的文化内涵和复杂的心理过程，正如厦门大学周宁教授在《第二人类》这本书中所言："确立他者的差异性与怪诞性，既是认识他者、认同自我的方式，也是排斥他者、保护自我的方式。"③在西方人虚构的东西方二元对立的神话中，西方人是正常的、合理的、美丽的、文明的，而中国人则是非正常的、不可理喻的、丑陋的、野蛮的，而所有非正常的、不可理喻的、丑陋的、野蛮的东西本身又包含着许多未知的因素，具有潜在的、难以预知的危险，那么就理应被否定和消灭，以缓解西方人心中的紧张与恐惧，按照这一逻辑，对华人的敌视、侵略和虐待就变得顺理成章了。一方面，他们以商人和传教士为先导，进而通过军队在中国本土掠夺、欺侮中国人；另一方面，又对在美国本土的华人施暴，从华人入境的那一刻起，他们就要在美国移民局接受人身侮辱性的"健康检查"，弄不好还要被无限期地扣留，有的华人因为无法忍受

① 约翰·斯坦贝克. 斯坦贝克选集·中短篇小说选·二：罐头厂街[M]. 李玉陈，译. 北京：人民文学出版社，1984：130.

② 沃伦·弗伦奇. 约翰·斯坦贝克[M]. 王义国，译. 沈阳：春风文艺出版社，1995：115.

③ 周宁. 鸦片帝国[M]. 北京：学苑出版社，2004：110.

这样的侮辱而寻了短见。在铁路工地、沼泽荒滩，尽管华人干活很出色，却被白人工头像牲口一样地对待，在种族主义甚嚣尘上的年代，大批无辜的华人甚至遭到虐杀。因此，那位华人老者和当时许多华人的自我边缘化则是在偏见和敌视中寻求解脱的唯一办法，而这样反过来又强化了"中国人不可理解、难以同化"的印象，恶性循环的结果是生活在同一片土地上的人们感受到的双重隔膜与孤独，如同小说中的华人老者和男孩安迪那样。

斯坦贝克笔下的中国形象既有真实、客观的一面，同时也不乏主观的推理、想象和虚构以及不可避免的误读，有时甚至是概念的混淆。斯坦贝克阅读的中国文化的典籍都是英译本，在翻译的过程中可能就已经出现了误读，斯坦贝克在阅读的过程中也可能会有误读，而他笔下的中国文化可能还会有更多的误读，因此误读是不可避免的。作为一位深受西方文化浸润且不懂汉语的作家来说，斯坦贝克在描述中国文化时不免会出现一些概念混淆的错误。例如，在《伊甸之东》里他曾写道：老李一面听阿布拉谈话，"一面想着他的广东同胞的光润的圆脸。即使瘦的时候，他们的脸仍旧像满月。照说老李应该喜欢那种脸型，因为我们认为美的地方总和我们自己有些相似，他却不这样。他一想到中国式的美，心里就出现满洲人那冷酷的、带有掠夺性的面孔，那种拥有世袭特性的人的傲慢而且毫不通融的面孔"①。从这段话里我们可以看出来，斯坦贝克将"广东人""满洲人""中国人"这三个概念混淆了。斯坦贝克的作品折射了 19 世纪中叶至 20 世纪中叶近一百年来华人作为少数族裔在美国艰苦奋斗的历史，作为一个人道主义者，他为那些曾经为美国的繁荣作出过杰出贡献却一度遭受歧视、排挤和欺凌的华人们发出了不平之鸣；作为一个人性的探索者，他对华人为了在夹缝中求生存而表现出的机智狡黠和包容圆通报以苦涩的微笑。他对待华人的态度总的来说虽然是复杂的，但是通过对中国文化和美国华人历史的了解以及与华人的接触，也逐渐从冷漠与嘲讽转向了同情与赞赏。

---

① 约翰·斯坦贝克. 伊甸之东[M]. 王永年译. 上海：上海译文出版社，2004：560.

第三节　文化身份的确认、伪装与重构

——《伊甸之东》中华裔形象初探

1952 年，斯坦贝克的后期力作《伊甸之东》一经推出便名列畅销书排行榜的首位，目前已被译成多种文字而广为流传，1955 年这部小说还被改编成同名电影，由著名导演伊莱亚·卡赞执导，成为美国电影的经典之作。这部史诗般的巨著以南北战争到第一次世界大战期间的美国为背景，记述了汉密尔顿和斯特拉克两个移民家族追寻"美国梦"的历程。在小说中，作家塑造了一位美国华裔老李的形象，国内评论界对这个形象的评论虽然不多，但观点却有分歧，分歧的焦点主要集中在两点：一是老李这个形象的塑造是否真实可信，二是老李到底是一个正面形象还是一个负面形象。而笔者认为，在美国这个多种族的移民国家里，老李作为"土生华裔"（American Born Chinese）的代表，其文化身份变化的经历更为耐人寻味、发人深省，因此，笔者将就其文化身份的确认、伪装和重构的过程及其背后特定的社会、文化、政治语境做一番探究。

何谓身份？"身份"（Identity）①最早是一个心理学术语，后引入文化研究中，"其基本含义，是指个人与特定社会文化的认同"②。本文所谈的身份主要指的是文化身份，它包括民族、种族、族裔、语言文字、宗教信仰、价值观、生活方式、行为方式等多方面的内容。《伊甸之东》中的老李是华工的后代，他出生在美国，在学校里接受了西方文化，同时又从父亲和旧金山的唐人街那里受到了中国传统文化的熏陶，因此，他是具有"混合文化身份"的人。英国文化研究学者斯图亚特·霍尔在《文化身份和族裔散居》一文中从两个不同的角度阐释了"文化身份"：一方面，它代表一种"共有的文化"，"反映共同的历史经验和共有的文化符码"，③有一定的稳定性、相似性和连续性；另一方面，它又具有不稳定性、差异性和断裂性，既是"存在"又是

---

① "Identity"是 20 世纪末西方文化研究领域中的关键词之一，在汉语中被翻译成"身份""认同""身份认同"等，在本文中，笔者采用"身份"这一译法。

② 赵一凡，张中载，李德恩. 西方文论关键词[M]. 北京：外语教学与研究出版社，2006：465.

③ 罗钢，刘象愚. 文化研究读本[M]. 北京：中国社会科学出版社，2000：209.

"变化"，①在历史和现实的语境中不断变迁。老李生活的时代正值中华民族处于重大的历史变革，美利坚民族不断容纳新的文化成分，中美关系几经沉浮，因此，老李也经历了文化身份的确认、伪装与重构的曲折复杂、充满艰辛的过程。

一、文化身份的确认

"文化身份是有源头、有历史的"②，"它总是由记忆、幻想、叙事和神话建构的"③。老李在小说中首次出现时已人到中年，他先前的经历主要是通过回忆的形式向亚当和汉密尔顿讲述的：老李的父母是广东人，为了还债，与美国铁路公司签约，远涉重洋，来到旧金山加入修建美国中央太平洋铁路的行列，他们从事着异常艰苦的劳动，忍受着非人的待遇，母亲在生他的时候就悲惨地死去了，老李成为在苦难中诞生的一位华裔美国人。老李的童年和青少年时代，正赶上美国人对华人极度蔑视的时期。在 19 世纪 70 年代的经济危机中，美国国内掀起了反华排华的浪潮，软弱的清政府没有能力保护在美国的华人，只能任其发展。1882 年，美国国会在未与清政府协商的情况下通过了"排华法案"，后来又通过各项立法进一步巩固和发展了这个法案。19 世纪末 20 世纪初，美国将中国作为侵略扩张的主要目标，先是提出了"门户开放政策"，后又成为八国联军中的一员，镇压中国反帝爱国的义和团运动。在美国的华人因此也成为被排斥、被歧视、被虐杀的对象，这一情形在老李生活的加利福尼亚州尤甚。"尽管法律明文规定公民享有平等的权益，但平等并未普遍延及到非裔美国人或其他种族或少数族裔成员身上，他们在文化上的差异遭到主流社会群的非难，并形成不同的社交规范来对付这些差别。"④为了生存，老李曾经试图向美国主流文化靠拢，以改变自己的文化身份，他穿西装、打领带，讲一口流利的英语，没想到，却遭到白人世界和华人世界的双重排斥。在白人眼里，即使他的语言、服饰、举止都很西化，他也仍旧是个中国人，并且是打了折扣的中国人；在保守的华人眼里，他则是个"洋

---

① 罗钢，刘象愚. 文化研究读本[M]. 北京：中国社会科学出版社，2000：211.
② 罗钢，刘象愚. 文化研究读本[M]. 北京：中国社会科学出版社，2000：211.
③ 罗钢，刘象愚. 文化研究读本[M]. 北京：中国社会科学出版社，2000：212.
④ 爱德华·C. 斯图尔特，密尔顿·J. 贝内特. 美国文化模式[M]. 卫景宜，译. 天津：百花文艺出版社，2000：123.

鬼子"、外国人。为此，老李感到困惑、迷惘，他以汉密尔顿作为参照，发现这位出生在爱尔兰，青年时代才移民到美国的农民很快就能够融入美国社会，而他却"怎么也不能同美国人打成一片"[①]。看来，中国文化与美国文化之间的鸿沟要比美国和欧洲国家之间宽得多，人们很容易通过肤色、语言、宗教信仰、价值观念、生活方式等方面的差别把双方区分开来。大多数人本着人文中心主义的立场，"认为自己的文化优越于其他的文化，为了抬高自己的文化而贬低其他的文化。所有与自己的规范、习俗、价值观、习惯和行为模式相背离的东西都被认为是低劣的、值得怀疑的，甚至通常是变态的和不道德的"[②]。因此，老李承受了来自中美两方面的文化冲突和社会隔离，从而迷失了自己的文化身份。

二、文化身份的伪装

威廉·布洛姆指出："身份确认对任何个人来说，都是一个内在的、无意识的行为要求。个人努力设法确认身份以获得心理安全感，也努力设法维持、保护和巩固身份以维护和加强这种心理安全感，后者对于个性稳定与心灵健康来说，有着至关重要的作用。"[③]找不到身份归属的老李只好戴上面具，隐去真正的自我，扮演当时美国种族主义者和保守华人眼中的双重"他者"形象：梳一根油光乌亮的长辫子，穿窄裤腿的棉布裤子、没有后跟的黑便鞋和盘花纽扣的中国式罩衫，沉默寡言，只讲洋泾浜英语，在白人家中甘当佣人。

汉密尔顿问老李为什么留辫子、讲洋泾浜英语。老李说，"他们指望我讲的、愿意听的都是洋泾浜"，"很少有人像你一样，能实事求是地观察而没有先入之见。你看到的是实际情况，而大多数人只看到他们指望看到的东西"[④]。"看到他们指望看到的东西"，其实就是对"他者"加以"身份改写"和"文化塑型"，汉密尔顿的妻子莉莎起初不信任老李，但是后来发现老李很正派，就认定老李同她自己一样，是长老派基督徒，允许他照看亚当的双胞胎，她对丈夫说："我对异教徒是怎么也放心不下的——可是一个长老派的基督徒——

① 约翰·斯坦贝克. 伊甸之东[M]. 王永年，译. 上海：上海译文出版社，2004：183.
② 马勒茨克. 跨文化交流：不同文化的人与人之间的交往[M]. 潘亚玲，译. 北京：北京大学出版社，2001：16.
③ 乐黛云. 文化传递与文学形象[M]. 北京：北京大学出版社，1999：331.
④ 约翰·斯坦贝克. 伊甸之东[M]. 王永年，译. 上海：上海译文出版社，2004：182.

什么事一教他就会。"①莉莎主观地为老李"改写"了宗教身份,变"异教徒"为"长老派基督徒",从而缩小了他们之间的文化距离,也为自己接受老李找到了合理的依据,而当时的美国政府和那些种族主义者则不然,他们故意扩大中美之间的文化距离,有意贬低、歪曲、丑化华人形象,强调华人愚昧、阴险、肮脏,难以同化,为他们排挤、歧视和压迫华人的法律、政策和行为提供借口。老李故意伪装文化身份的经历真实地反映出当时美国华裔的生存困境。

老李伪装文化身份为的是一方面可以在白人世界里谋求生存,避免不必要的侮辱,另一方面又可以在华人社会中求得自我族裔的认同,但是老李为自己构建的是实际上是一种"他者"文化身份,也可以看作是虚假的文化身份,这种伪装表面上看是一种生存策略,实际上却使他越来越远离美国的主流社会,不被人理解和接受,而其自身的人格也处于分裂状态。

三、文化身份的重构

汉密尔顿的出现是老李人生中的一个转折点,两个来自不同民族的人通过相互交流而理解并欣赏对方,汉密尔顿称赞老李为"会做饭的厨师,思想深刻的哲学家",②而老李也同样尊敬汉密尔顿,将其视为自己的父亲。斯坦贝克安排汉密尔顿和老李成为知己可谓用心良苦,一是因为在19世纪七八十年代的美国,特别是西海岸,爱尔兰工人因为竞争不过华工,遂成为排华的主要力量;二是因为斯坦贝克的外祖父母就是来自爱尔兰的移民,斯坦贝克希望具有不同文化身份的人之间能够和谐相处并建立深厚友谊。后来,在与汉密尔顿、亚当、乔、阿布拉等人的交流中,老李慢慢地建立了自信,主动选择重构自己的文化身份。

老李文化身份的重构是一个渐进的过程,首先表现为语言的变化。语言是文化身份的一个重要组成部分,因此语言的变化直接影响着文化身份的变化,在伪装文化身份的阶段,老李见到白人时故意讲洋泾浜英语,用这种方式与他们保持距离,但是后来,通过与越来越多的美国白人的友好交往,他选择那些能够理解他、善待他的人,对他们敞开心扉,用流利的英语与他们

---

① 约翰·斯坦贝克. 伊甸之东[M]. 王永年,译. 上海:上海译文出版社,2004:226.

② 约翰·斯坦贝克. 伊甸之东[M]. 王永年,译. 上海:上海译文出版社,2004:341.

畅所欲言。从洋泾浜到正规英语的改变标志着老李由自卑转向了自信，同时也标志着他在重构文化身份的道路上迈出了重要的一步。

其次是生活方式的改变。1911 年，辛亥革命爆发，清王朝被推翻，1912年，中华民国成立，成为亚洲的第一个共和国，美国社会开始对中国刮目相看，老李的民族自尊心和自豪感由此增强。在中华会馆的号召下，美国的华人组织宣布承认民国临时政府，华人男子纷纷剪掉辫子，女子则放弃缠足的旧习，老李也在这个时候剪掉了辫子，后来他干脆就穿起了西装。在他放弃娶妻和开书店的计划后，就不再和亚当一家同住，而是另立门户，为自己安排了一个独立而舒适的居住空间。

再次是行为方式的变化。有论者认为斯坦贝克持有"东方主义偏见"，故意将老李塑造成顺从的"模范华人"的定型形象。其实老李的形象不是一成不变的，随着时间的推移，他不再刻意地掩饰自己真实的性格，以满足别人的期望，而是主动地展示自己的能力、个性以及深刻的思想。由于妻子的背叛，亚当的精神受到了巨大的打击，一度一蹶不振，老李就成为这个家的顶梁柱，承担了照料和教育两个孩子的责任；亚当因为听到爱子阿伦阵亡的消息患了中风，老李就钻研有关中风的医学知识，帮助亚当恢复健康，从而赢得了墨菲大夫的由衷钦佩。起初，老李给人们的印象是少言寡语、温良恭顺，在主人面前很少发表自己的意见，后来，在对主人亚当有了信任以后，他敢于在亚当面前对各种事物发表不同的见解，有时甚至敢于顶撞亚当。亚当的儿子迦尔出于嫉妒加害弟弟，酿成恶果后又自暴自弃，老李毫不客气地教训了他，同时又鼓励他重新振作起来。通过对《圣经》中亚伯和该隐的故事的阐释，老李为亚当和迦尔，也为自己选择了一条在善与恶的冲突中实现自由意志的道路。同时，他还富有创建性地重新定义了美国人，不是从种族、信仰、血统的角度，而是从民族性格的角度，他将自己也包括在美国人的范围内："也许我们都是那些烦躁好动、无法无天、爱抬杠吵架的人的后裔。如果我们的祖先不是那种性格，他们就在世界别处守着家园，在精力耗尽的土地上苦苦度日了。不论我们的祖先来自哪一个古老的国土，我们都秉承了那种遗产。各种肤色和血统的美国人，或多或少都具有相同的倾向。"[①]

由于文化身份是具有连续性的，因此在重构的过程中老李仍保持了一些

① 约翰·斯坦贝克. 伊甸之东[M]. 王永年，译. 上海：上海译文出版社，2004：645-646.

民族文化特征，如吃中餐、喝五加皮，读中国古诗，使用带有中国特色的器物，用中国传统方式祭奠汉密尔顿等等，而且，他还经常和旧金山唐人街的族人保持密切的联系，享受那里的文化资源。因此，他并没有完全被美国的主流文化同化，而是为自己构建了一种既非汉民族也非盎格鲁-撒克逊的文化身份——"美国华裔文化身份"，从而体现出其文化身份的复杂性和建构性。

四、结语

身份是一种"生产"，"它永不完结，永远处于过程之中"。随着时间的推移，美国华裔的文化身份也在不断地发展和建构着。在当今时代，虽然美国的主流文化日趋多元和包容，但是文化身份的选择仍旧是许许多多华裔不得不面临的问题。老李这一形象的出现是对美国主流霸权话语中华人定型化形象的一次修正，在美国主流霸权话语中有两类典型的华人定型形象，其在大众传媒中广为流传，一类是狡猾阴险、残忍邪恶的"黄祸"，如傅满洲；一类是谦卑驯服、缺乏阳刚之气"模范华人"，如陈查理。这两个定型化形象无疑是带有种族歧视性的，其在一定程度上影响了美国大众对华人的正确认识，挫伤了在美华人的民族自信心和自豪感，而斯坦贝克笔下的老李在其重构文化身份的过程中则为我们树立了一个勇于选择文化身份的华人新形象，展示了关于华人的"另一种"言说，令人耳目一新。如果再看看斯坦贝克创作老李这一形象的年代，正是中美关系极度紧张的 20 世纪 50 年代初，我们就更加佩服作家的勇气了。

第四章　斯坦贝克作品在中国的译介与研究

1929 年，斯坦贝克发表了第一部小说《金杯》（*Cup of Gold*，1929），反响不是很大。继而，《天堂牧场》（*The Pastures of Heaven*，1932）和《致一位未知的神》（*To a God Unknown*，1933）的出版引起了文学界的注意。进入而立之年之后，他的创作开始频频获奖，为他赢得了很多荣誉。1934 年，斯坦贝克以短篇小说《谋杀》（*The Murder*）获得欧·亨利短篇小说奖。1935 年，中篇小说《煎饼坪》（*Tortilla Flat*）的发表使他名气大增，成为数百万人的偶像，该小说也获得了该年度加利福尼亚共同体俱乐部的最佳小说奖。1936 年，小说《胜负未决》（*In Dubious Battle*）出版后获得该年度加利福尼亚共同体俱乐部金奖。1937 年出版的小说《人鼠之间》后在美国引起强烈的反响，成为畅销书，作者因此还被选为该年度十大杰出青年之一。长篇小说《愤怒的葡萄》出版后即成为当年的最畅销书，并获得该年度的普利策最佳小说奖和美国畅销书协会奖，从而确立了斯坦贝克在美国文坛的重要地位。

20 世纪 40 年代，伴随着中美文化交流的不断深入，斯坦贝克和他的一些重要作品，如《愤怒的葡萄》《人鼠之间》《月落》等也陆续被介绍到中国，以单行本或刊物连载的形式和中国读者见面，有的还有多个译本，关于作家研究的文章也频频出现在报刊、杂志上。另外，根据他的小说改编的美国电影也在中国的香港、上海、天津、重庆、北京等地上演，因此，早在中华人民共和国成立前，斯坦贝克的名字对于中国的读者和观众而言就已经不再陌生了。中华人民共和国建国后的 17 年，斯坦贝克的研究走入低谷。"文化大革命"结束后，斯坦贝克又重新回到读者的视野中，他的作品多次以不同的形式展示给读者，其中一些中短篇小说也出现了多个译本，而且，对于斯坦贝克其人其作的研究也逐渐升温，特别是进入 21 世纪以来，有了日渐繁荣的趋势。

第一节　作家其人及综合研究

据笔者统计，斯坦贝克在中国被译介的过程中共出现了 20 个不同的译名，他们分别是：斯坦贝克、斯坦培克、斯坦倍克、斯丹贝克、史坦恩贝克、史坦恩培克、史坦贝克、史坦倍克、史坦培克、史丹培克、史丹倍克、史坦恩贝克、斯坦恩培克、斯坦因贝克、司坦白、司坦倍克、史坦因贝克、史旦培克、史登贝克和史坦因培克。

一、最初的译介

（一）中华人民共和国成立前

笔者查找到，斯坦贝克的名字最早出现在 1930 年 1 月 12 日的《大陆报》（*The China Press*）上的一则图书消息中，这则消息主要是介绍斯坦贝克出版的第一部小说《金杯》（*Cup of Gold*，1929）的主要内容，这则消息是放在"侦探、冒险小说"栏目中的，整则消息其实都是照搬照抄了 1929 年 8 月 18 日《纽约先驱论坛报》（*New York Herald Tribune*，1924—1966）"图书栏目"中的内容。1938 年 5 月 17 日，《大陆报》的"好莱坞新闻和随笔"栏目又报道了斯坦贝克的剧本小说《人鼠之间》在美国的戏剧界和电影界受到热捧的消息。《大陆报》是一份英文报纸，于 1911 年 8 月 29 日在上海创刊，1949 年停刊。根据 1931 年的统计，《大陆报》每日发行量约 7000 份，读者中约有三分之一为中国人，三分之一为在华外侨，还有三分之一在国外。[①]

1939 年 5 月 6 日《密勒氏评论报》（*The China Weekly Review*，1917—1953）上的一则消息中又提到了斯坦贝克和他的《愤怒的葡萄》："维京出版社宣布，《纽约先驱论坛报》的图书编辑刘易斯·甘尼特撰写的有关斯坦贝克个人书目的文章将在作家的新书《愤怒的葡萄》出版时同时发行，这本小册子将在书店购得。"《密勒氏评论报》1917 年 6 月 9 日创刊于上海，1953 年 7 月停刊，是在中国发行量和阅读率较高的英语报刊之一，创办人为美国《纽约先驱论坛报》驻远东记者汤姆斯·密勒（Thomas F. F. Millard，1868—1942），1918 年

---

① 叶向阳. 大陆报：美国在华的主要报纸[J]. 英语学习，2003（7）：66.

底由约翰·B 鲍威尔（John B. Powell，1888—1947）接任主编，该报致力于中西方的沟通，其读者主要为中国的知识阶层、政界人士以及在华外籍人士。

1940 年 3 月，上海著名的翻译出版机构西风社又推出了一本新杂志——《西书精华》，而斯坦贝克和他的新书《愤怒的葡萄》也因之在中国得到了更为广泛的译介。《西书精华》是季刊，以"译述西书精华，介绍欧美读物"为己任，该杂志在创刊号的"西书介绍"栏目中刊登了一篇署名为"温和"的文章，题目为《摘果记》，这篇文章很长，不但详尽地介绍了斯坦贝克的代表作《摘果记》的主要内容及出版后的社会反响，而且还回顾了斯坦贝克的创作历程，将他此前 10 年间发表过的主要作品如《金杯》《天堂牧场》《给未知的神》《大饼》《人鼠之间》《长谷》一一作了简介和评价，这就为斯坦贝克的作品在中国的传播奠定了坚实的基础，其中提到的一些作品后来也陆续被译成中文，因此这篇文章具有开创之功。但是对于作家的生平只有寥寥数语："史旦培克（John E. Steinbeck）一九〇二年生于美国加州，曾在士丹福大学读书。"

1940 年 12 月 20 日，《时代精神》（3 卷 3 期）上刊登了一篇题为《史坦培克和他的千元奖金》的文章，文中记述了斯坦贝克的一件感人的事迹：斯坦贝克因小说《愤怒的葡萄》的发表获得了 1940 年的普利策的千元奖金，他将奖金接济了一位尚未发表作品的年轻作者，他说自己当年因为借了父亲一千元钱才得以维持写作，但是成名后父亲已经死了。他告诉那位年轻的作者将来不必还钱，只待成名后再接济像他一样的年轻人就行了。

后来，介绍作家的文章陆续出现。1941 年 6 月 1 号出版的《文学月报》第 3 卷第 1 期的"美国文学特辑"中刊载了铁弦介绍斯坦贝克生平和作品的文章——《关于斯丹贝克（作家介绍）》。1942 年 1 卷 1 期的《文学译报》刊登了由茹雯（秦似）翻译的美国人 H. 杰克逊的《斯坦倍克论》。

1943 年 5 月 1 日出版的《文学创作》第 2 卷第 1 期刊登了由黄桦霈撰写的论文《史坦倍克的英雄》，此文的题目——"史坦倍克的英雄"（Steinbeckian Hero）是美国当时的一句流行语，它来自《人鼠之间》主角的启示，指的是美国经济恐怖时代的悲剧人物。文中重点分析了斯坦贝克在《天堂牧场》《大饼》（Tortila Flat）、《人鼠之间》和《愤怒的葡萄》中塑造的主角们，认为他们"样子是中世纪的骑士——墨西哥式的英雄，而骨子里却是为'都市的神经战'所吓呆了的'美国式的阿Q'"①。这也许是第一篇国人重点评论斯坦贝克小说的论文。

1947年《文摘》第11卷第6期刊载了题为《金钱堆里的美国文学》一文。文章称："一个作家需要极强的个性，才能在这种金钱世界里固守艺术家的立场。美国许多出色的小说家在成名以后便腐化了；辛克莱、奥哈拉、海明威、史坦倍克等在近年来的作品，所以愈来愈退步，便是由于这种原因。"这是较早出现的对斯坦贝克的负面评价。

还有一篇较早提及斯坦贝克的文字刊登在中国近现代具有广泛影响的《益世报》1948年4月3日第85期《文学周刊》上，是由若成翻译、约翰·钱伯林（John Chamberlain）撰写的《美国的小说》一文。该文认为美国1945、1946年的小说创作在走下坡路，作者分析了其中的原因，同时对20世纪以来的美国小说创作作了一个简单的回顾，在提及20世纪30年代的小说时，作者认为有几部"普罗小说"写得相当成功，其中斯坦贝克的《可怀疑的斗争》（*In Dubious Battle*）便是其中的代表。后来，他又以斯坦贝克的《愤怒的葡萄》为例，总结美国小说的特点："一九三〇后小说中的个人渐渐失去了重要性，斯坦贝克的杰作《愤怒的葡萄》是个很好的例子，这书中的主角们不再是自己命运的创造者，他们在社会中飘来飘去，完全不能自主。"

1949年，上海晨光出版公司出版了卡静（A. Kazin）著、冯亦代译的《现代美国文艺思潮》（上下卷）（原名《在本乡本土》，*On native ground*，1942），这本书评述了从1890年至1940年美国文坛出现的重要作家作品，其中斯坦贝克被列入第十二章《自然主义的复兴》中加以重点介绍，所用篇幅长达10页之多，据笔者所知，这是国内最早翻译过来的国外关于斯坦贝克早期写作风格的详细评述。卡静认为，"作为一个恐慌时期的现实主义者"，"斯坦贝克给近代小说带来了一个新的音调"②。"斯坦贝克是一个广大的人道主义者，他的最好的作品中富有诗意，如《长谷》（*Long Valley*）、《天堂之牧》（*Pastures of Heaven*），绝非法雷尔之类的自然主义者所能望其项背。可是斯坦贝克的作品中有不完美之处；他没有创造的性格。"③ "斯坦贝克的才能并非在文学的资质，实在他有着一个和谐而宁静的人生观。在一个许多更好的作家都

---

① 黄桦霈. 史坦倍克的英雄[J]. 文学创作，1943（1）：58-62.
② 卡静. 现代美国文艺思潮[M]. 冯亦代，译. 上海：上海晨光出版公司，1949：510.
③ 卡静. 现代美国文艺思潮[M]. 冯亦代，译. 上海：上海晨光出版公司，1949：511.

才尽了的时期之内，他却把自己锻接在萨利纳斯山谷的生活之中，把他自己和山谷中的园丁、神秘人物和冒险家，和他们的生活日历结合了起来，这样他就享受了安全，他对与人间的生物学发生了兴趣，侧身其中，而从中生长起来。""恐慌时期的自然主义者把生命看做了芝加哥的屠场，一个游击战，一个永恒的大轰炸。斯坦贝克却捡到人类同情心的一个新鲜的信仰；他学会了接受生命的节奏。"①"他原始地召唤人们重新记得他们是人，告诉恐慌的美国说，一个文化是所有的人性的纵合总和。"②卡静对斯坦贝克早期创作进行的评价是准确而客观的，他的观点或多或少地影响到了中国学者对斯坦贝克作品的评论。

（二）中华人民共和国成立后

从中华人民共和国成立到"文化大革命"这一时期中国大陆专门研究斯坦贝克的公开发表文章几乎没有，对斯坦贝克的研究散见在一些美国文学研究的文章中，只是只言片语，如《美国资产阶级文学的"荒凉时代"》一文继续持斯坦贝克走向退步的观点，作者认为"在创作商业化的罗网中，曾经显露出才能的作家也变作美元的俘虏，走向堕落。老一辈的斯坦倍克就是个突出的例子。斯坦倍克的主要成名作品是 1937 年问世的，表明了他对流动农业工人的同情的《人鼠之间》。之后，在 1939 年出版的主题类似的《怒火千丛》（又译《愤怒的葡萄》，使他攀登了自己历程中的最高峰，成为国际闻名的作家。这两部作品代表了一个愤怒的斯坦倍克在为社会不公正而吼叫。但自此以后，斯坦倍克的创作陷入了颓废、反动的泥潭"③。还有一些消息类的文章，例如，1962 年 11 月 6 日的《参考消息》上报道了斯坦贝克获 1962 年度诺贝尔文学奖的消息。

20 世纪 70 年代末、80 年代初，斯坦贝克再次受到国内研究界的关注。起初也主要是翻译外国学者对作家作品的简单介绍，如方杰翻译的英国萨赛克斯大学教授、哈佛大学客座教授马库斯·坎利夫（Marcus Cunliffe）撰写的《美国的文学》，这本书在第一次世界大战后的小说部分主要介绍了斯坦贝克在 20 世纪 30 年代的创作，并评价道："斯坦贝克怀着赤子之心去描写故乡加州，他写的经济萧条，侧重地方主义。在老一套的美国画面上，他写的地

---

① 卡静. 现代美国文艺思潮[M]. 冯亦代，译. 上海：上海晨光出版公司，1949：513.
② 卡静. 现代美国文艺思潮[M]. 冯亦代，译. 上海：上海晨光出版公司，1949：517.
③ 陈尧光. 美国资产阶级文学的"荒凉时代"[J]. 世界知识，1963（2）：28-30.

点、地区和处于静态中的人物，显得很有个性。"①此书早在 1954 年就由企鹅图书公司出版，以后多次再版，方杰的译本直到 1975 年才由香港今日世界出版社出版。

1982 年 3 月，由伊丽莎白·布兹（Elisabeth. B. Booz）编写的《现代美国文学简介》由上海外语教育出版社出版，此书最初是作者在云南大学外语系讲学时的讲稿，它介绍了现代美国文坛的重要流派、代表作家和作品，其中就有斯坦贝克，后来《世界文化》杂志在 1985 年第 3 期中刊登了此书中《约翰·斯坦贝克》一节，由梁恬翻译，内容主要包括作家生平、写作风格和特点、《愤怒的葡萄》内容简介三个部分。

1986 年，第一部由中国大陆人撰写的美国文学史出现了，它就是总共 50 万字的《美国文学简史》（上下册），撰写人为美国文学研究专家董衡巽等人，这本书概括了美国文学的发展历程，重点介绍了美国的现当代文学。在第四章第六节中，斯坦贝克作为"左翼作家"的代表被重点加以评介，作者除了介绍他的生平和创作之外，还详细评述了《人鼠之间》《愤怒的葡萄》和《烦恼的冬天》三部小说，可算是当时国内对斯坦贝克最为全面和详细的介绍。

1987 年第 5 期《文艺理论与批评》在"外国作家谈创作"一栏里刊登了由乔治·普林顿和弗朗克·克劳瑟编写的《约翰·斯坦贝克》。这篇文章的主体是斯坦贝克多年来关于创作问题的一些论述，前面还有一个关于作家生平的简单介绍以及作家的挚友纳撒尼尔·本奇利写的导言，在导言中，本奇利还回忆了作家生前的一些小故事，这篇文章为研究作家本人的写作态度、写作技巧和性格特点提供了宝贵的资料。

1995 年，春风文艺出版社出版了由美国的沃伦·弗伦奇（Warren French）著、王义国翻译的《约翰·斯坦贝克》，该书共分十二章，不但介绍了斯坦贝克的生平，还从"意识的戏剧"这一角度对他的小说进行了深入的探讨，同时附有作家年表，这是中国大陆出版的第一部也是迄今为止唯一的一部有关斯坦贝克的评传，对于斯坦贝克的研究具有十分重要的意义。

2002 年，方杰的《斯坦贝克与社会权利话语》（*John Steinbeck and the discourse of social power*，军事谊文出版社）问世了，这是国内第一部研究斯坦贝克的英文专著，因为是用英文写成的，所以在国内影响力不是很大。国内

---

① 马库斯·坎利夫. 美国的文学[M]. 方杰，译. 香港：今日世界出版社，1975：276.

第一部斯坦贝克研究的中文专著《约翰·斯坦贝克的小说诗学追求》于2006年4月出版[①]，作者田俊武采用了宏观的总体研究的方式，对斯坦贝克的小说诗学追求进行了深入而系统的分析。2011年10月，张昌宋的专著《约翰·斯坦贝克创作研究》[②]一书也与读者见面了，这本书集中研究了斯坦贝克的创作风格和创作主题。三本专著的出版标志着我国的斯坦贝克研究进入了一个新的阶段。

二、研究对象

我国的斯坦贝克研究主要集中在他的归属问题、创作的基本特征、主要作品研究等方面。

斯坦贝克到底属于哪一个流派呢？从作品题材角度来考虑的评论家有的将他列入左翼作家（无产阶级作家）的行列，如董衡巽在《美国文学简史》中就将斯坦贝克和多斯·帕索斯（John Dos Passos，1896—1970）、詹姆斯·法雷尔（James Farrel，1904—1979）放在一起来介绍；有的评论者从作品所反映的思想倾向来划分，将他看作是"人道主义作家"，如黄桦霈撰写的论文《史坦倍克的英雄》；另一些评论家则以创作方法来衡量他，有的学者将他看作"富有乡土色彩的自然主义作家"，[③]有的学者认为"他的小说大都采用现实主义与浪漫主义相结合的手法，后期作品则有明显的象征主义色彩"。[④]随着研究的深入，研究者发现斯坦贝克是一位在艺术上勇于实践、不断创新的作家，有的学者认为他借用了某些自然主义的手法，但最终站在了现实主义的立场上；[⑤]而有的学者则认为，斯坦贝克"既继承了现实主义悠久的传统，又借鉴了现代主义流派的某些特征"[⑥]。如果我们将自然主义看作是现实主义的深化和变种，将它纳入现实主义的范畴的话，那么评论界给斯坦贝克的定位就有了一个基本的倾向，即他是一位现实主义作家，同时又借鉴了象征主义、表现主义、意识流等现代派手法，从而使他的作品"蕴藏着丰富的现代肌质"，而这种定位也可以看作是斯坦贝克作品总体创作特征的一种概括，它

① 田俊武. 约翰·斯坦贝克的小说诗学追求[M]. 北京：中国社会科学出版社，2006.
② 张昌宋. 约翰·斯坦贝克创作研究[M]. 北京：国防工业出版社，2011.
③ 杨仁敬. 20世纪美国文学史[M]. 青岛：青岛出版社，2000：292.
④ 毛信德. 美国小说史纲[M]. 北京：北京出版社，1988：313.
⑤ 余迎胜. 略论斯坦贝克小说情节的主题潜伏功能[J]. 外国文学研究，1999（4）：88-93.
⑥ 田俊武. 约翰·斯坦贝克的小说诗追求[M]. 北京：中国社会科学出版社，2006：31.

预示着斯坦贝克的研究领域会伴随着研究的深入而不断地扩大。

　　20世纪80年代后，我国评论界对斯坦贝克创作特征的研究目前也日渐活跃，内容不止于作家和作品的简单介绍，这些文章开始转向斯坦贝克作品的内部研究，在主题、文体、结构、语言等方面进行了广泛而深入的探讨，挖掘他作品独特的艺术价值。谈到斯坦贝克的创作风格，张昌宋和李玲在《试论约翰·斯坦贝克的创作风格》一文中指出，"斯坦贝克的创作风格集中体现在他对金钱社会的厌恶和对普通贫民的同情心上，表现在伤感的抒情和幽默的文笔之中"①。在主题方面，研究的成果主要有张昌宋的《斯坦贝克文学创作中的三大主题：道德主题、逃避现实主题和履行义务主题》②、余迎胜的《略论斯坦贝克小说情节的主题潜伏功能》③、姜诗磊的硕士论文《"美国梦"的破灭——约翰·斯坦贝克小说主题研究》④等等；在文体方面，田俊武的论文《"剧本小说"：一种跨文本写作的范式》⑤颇具代表性，文中认为斯坦贝克的某些中篇小说（如《煎饼坪》《人鼠之间》《月落》和《烈焰》）在形式和内容上介于小说与剧本两种范畴之间，可以轻而易举地将其改编为剧本，因此可以称之为"剧本小说"。导致小说和剧本两种文本互动的原因在于斯坦贝克"剧本小说"中叙事性与戏剧性的张力。作为一种跨文本写作的范式，斯坦贝克的"剧本小说"对后世作家的创作和革新具有一定的启迪意义。在结构布局方面的论文有樊林的《有限的结局　无穷的韵味——斯坦贝克小说暗示性结尾试析》⑥。在语言方面，斯坦贝克的小说同样具有独特之处，对此，陈凯先生曾将其概括为"朴素通俗、口语化、生动形象、韵律感、诗意美"等等，⑦而田俊武则着重探讨了斯坦贝克小说诗性语言的得与失。⑧

　　如果说以上的研究领域侧重对斯坦贝克小说的整体研究的话，那么下面

---

　　① 张昌宋，李玲．试论约翰·斯坦贝克的创作风格[J]．内蒙古民族大学学报·社会科学版，2002（6）：38．

　　② 张昌宋．斯坦贝克文学创作中的三大主题：道德主题、逃避现实主题和履行义务主题[J]．福建外语，1993（3—4）：106-107．

　　③ 余迎胜．略论斯坦贝克小说情节的主题潜伏功能[J]．外国文学研究，1999（4）：88-93．

　　④ 姜诗磊．"美国梦"的破灭：约翰·斯坦贝克小说主题研究[D]．扬州：扬州大学，2007．

　　⑤ 田俊武．"剧本小说"：一种跨文本写作的范式[J]．外国文学评论，2001（1）：86-94．

　　⑥ 樊林．有限的结局　无穷的韵味：斯坦贝克小说暗示性结尾试析[J]．盐城师范学院学报·人文社会科学版，2009（6）：84-87．

　　⑦ 陈凯．美国作家J.斯坦贝克语言的几个特点[J]．上海外国语大学学报，1982（6）：36-39．

　　⑧ 田俊武．简论约翰·斯坦贝克小说的诗性语言[J]．外国文学研究，2004（4）：50-55．

主要谈一谈个案研究，我国对斯坦贝克具体作品的研究主要集中在他的长篇小说《愤怒的葡萄》、中篇小说《人鼠之间》和短篇小说《菊花》上。还有一些评论文章涉及斯坦贝克的《珍珠》《伊甸之东》《罐头厂街》《紧身甲》《烦恼的冬天》《胜负未决》《人民的首领》《白鹌鹑》《战地随笔》以及他的散文、日记、游记等等，甚至连《美妙的星期四》《逃亡》这样并不著名的小说也进入评论者的视野，相信今后评论的范围会越来越广。

三、研究特征

纵观国内几十年的斯坦贝克研究，我们可以总结出以下一些研究特征。

（一）起步较早，新世纪逐渐升温

国内的斯坦贝克研究起步很早，早在 20 世纪的 40 年代就已经出现了一些研究成果，但是中华人民共和国成立后至"文化大革命"结束时的成果则寥寥无几，到了 20 世纪八九十年代发展比较缓慢，21 世纪以后则逐渐升温。笔者以中国知网文献数据库 2019 年 1 月 1 日的统计为例，通过篇名分别搜索"斯坦贝克、斯坦培克、斯坦倍克"三个中华人民共和国成立后最常使用的译名，结果显示共有 297 篇，其中，1980—1989 年共发表 10 篇，1990—1999 年共发表 22 篇，而 2000—2017 年共发表了 265 篇。另外，新世纪以后，博士论文、文集和研究专著陆续出现。相关的博士论文主要有南京大学外国语学院方杰的《约翰·斯坦贝克与 30 年代的美国——斯坦贝克"工人三部曲"研究》、中国人民大学杨彩霞的《20 世纪美国文学与圣经传统的同构研究——威廉·福克纳与约翰·斯坦贝克小说的基督教视角》、北京师范大学田俊武的《约翰·斯坦贝克的小说诗学追求》和吉林大学曲鑫的《加州底层者之梦——约翰·斯坦贝克 30 年代小说创作研究》。2004 年，上海译文出版社推出了《斯坦贝克文集》（共四册），其中包括长篇小说《愤怒的葡萄》《伊甸之东》《烦恼的冬天》和中短篇小说集《人与鼠》。田俊武的专著《约翰·斯坦贝克的小说诗学追求》和张昌宋的专著《约翰·斯坦贝克创作研究》也问世了，文集和专著的出版无疑也对斯坦贝克研究起到了推波助澜的作用，标志着我国的斯坦贝克研究迈入一个新阶段。不过，国内的斯坦贝克研究距离成熟阶段还有一段距离，斯坦贝克作品的这座宝藏还有待于进一步挖掘。

（二）研究范围越来越广，注重选择新角度，运用新理论和新方法

斯坦贝克研究的发展趋势是令人欣喜的，这不但表现在近期发表的论文

越来越多，同时开始注重选择新角度，运用新理论和新方法来解读斯坦贝克的作品。过去，国内的斯坦贝克研究多是从社会历史批评的角度来评价他的作品，因此比较热衷于用社会历史批评的方法研究和评述他在三四十年代创作的小说。近年来，研究者的目光已经不再局限于《愤怒的葡萄》《人鼠之间》等作品，并且跳出了社会历史批评的藩篱，选择了向更宽、更新的领域迈进。例如，田俊武的《"剧本小说"：一种跨文本写作的范式》一文，从文体学角度①分析了斯坦贝克的《人鼠之间》《月落》和《烈焰》等小说中的戏剧和小说的跨文本写作现象；杨彩霞在博士论文的基础上撰写的专著《20 世纪美国文学与圣经传统》（中国人民大学出版社 2007 年 6 月版），也用了相当大的篇幅来分析圣经和圣经文学传统对斯坦贝克本人及其创作所产生的深刻影响；王世欣的《原型批评视域下的"灵石"意象研究——以《烦恼的冬天》为中心》②，运用原型批评理论分析《烦恼的冬天》中的灵石意象的多重隐喻功能和象征意义；胡天赋的《弱者的命运在心上——论斯坦贝克的生态伦理思想》，从生态伦理批评的角度揭示了斯坦贝克小说中具有的生态忧患意识；③蔡荣寿的《约翰·斯坦贝克女性观流变探析》④，结合其家庭背景、时代背景和人生经历等来阐释斯坦贝克女性观的建立、发展、变化以及在作品中的表现。

总之，我国的斯坦贝克研究经过几代学人的共同努力，已经取得了一定成果，但仍存在许多不足，如研究者的队伍还不够壮大，成果不够丰富，研究的深度和广度还有待进一步拓展，等等，我们期待着有更多的斯坦贝克作品和相关资料能够被介绍到中国，有更多的论文和专著在中国研究者笔下诞生，使斯坦贝克作品的价值得到更多的彰显。

---

① 田俊武. "剧本小说"：一种跨文本写作的范式[J]. 外国文学评论，2001（1）：86-94.
② 王世欣. 原型批评视域下的"灵石"意象研究：以《烦恼的冬天》为中心[J]. 文艺争鸣，2015（10）：171-175.
③ 胡天赋. 弱者的命运在心上：论斯坦贝克的生态伦理思想[J]. 南都学坛，2008（4）：63-66.
④ 蔡荣寿. 约翰·斯坦贝克女性观流变探析[J]. 外国语文，2011（2）：22-26.

第二节　长篇小说

一、《愤怒的葡萄》

《愤怒的葡萄》（又译《摘果记》《怒之果》《怒火之花》《怒火千丛》《愤怒的果实》《美国的大地》等，1939）一直被认为是斯坦贝克的代表作，也是最先被介绍到中国的斯坦贝克的小说。它以 20 世纪 30 年代美国经济大萧条为背景，描写了以乔德一家为代表的美国中部破产农民被迫离开土地和家园，向西部逃荒的艰辛历程。这部小说于 1939 年 4 月在美国出版后立即引起了轰动，被《出版商周刊》（*Publishers' Weekly*）列为 1939 年最佳畅销书，获得了普利策最佳小说奖和美国畅销书协会奖，并为日后作者获得诺贝尔文学奖奠定了坚实的基础。根据这部小说改编的电影于 1940 年 3 月 15 日在美国上映，获 1941 年美国第 13 届奥斯卡金像奖最佳导演奖和最佳女配角奖以及多项提名。很快，这部作品分别以小说和电影的形式被传播到中国并产生了很大反响，其影响一直延续到今天。

（一）中华人民共和国成立前

这部作品在最初被译介到中国时是被多方位宣传的，虽然正值抗日战争期间，国难当头，物质条件比较艰苦，但是《愤怒的葡萄》在中国的传播和接受还是体现出书籍、报纸杂志、影院、文学社团共同助力，图书、电影、新闻消息、图书广告、书评、影评、讨论会交相辉映的局面。

1. 译介

笔者查找到的关于《愤怒的葡萄》最初的译介应当追溯到 1939 年 5 月 6 日，这一天的《密勒氏评论报》（*The China Weekly Review*）上刊登了维京出版社出版《愤怒的葡萄》的消息："维京出版社宣布，《纽约先驱论坛报》的图书编辑刘易斯·甘尼特撰写的有关斯坦贝克个人书目的文章将在作家的新书《愤怒的葡萄》出版时同时发行，这本小册子可在书店购得。在《愤怒的葡萄》出版前一个月，书店预先的订单就需要两次印刷，总共 55000 册。"1940 年 5 月 18 日，《密勒氏评论报》又刊登了这部小说获普利策奖的消息。《密勒氏评论报》的介绍只是一个前奏，由此便拉开了《愤怒的葡萄》在中国传播的序幕。

1940 年 3 月，《西书精华》在创刊号的"西书介绍"栏目中刊登的《摘果记》一文，文中详尽地介绍了《摘果记》的主要内容和社会影响，还援引了英国著名批评家卡特·马歇尔对此书的评价，这也许是中国人对《愤怒的葡萄》最早、最详细的介绍了。

同年，在《西书精华》的夏季号的"西书消息"一栏里跟踪《摘果记》一书，称此书被评为美国 1939 年度最畅销小说，并且根据小说改编的电影也已经摄制完成，这部小说的销路正是方兴未艾。果然，在 1940 年 8 月 22 日《申报》上登出了《愤怒的葡萄》的英文版图书广告，售书地点在当时上海国华大厦的世界图书服务社，英文阅读水平较高的中国读者就可以一睹为快了。

这一年夏天，由著名导演约翰·福特执导，影星亨利·方达主演的同名电影也登陆中国，分别在香港、上海放映，先于小说的汉译与中国观众见面了。在香港，这部电影的中译名为《美国的大地》，当时的电影广告是这样宣传的：

约翰·史登贝克原著

一部不可不看的佳构

苏联选购美国片之第一部！严肃的题材，动人的演出，直刺心坎！

农村的风味朴实无华　农民的挣扎天人共感

（1940 年 8 月 25 日，香港《大公报》）

这部电影在上海上映时的译名为《怒火之花》，当年的电影广告是这样介绍的：

明天特映轰动世界文艺巨篇《怒火之花》：茫茫大地何处容身？郁郁情怀天涯漂泊，环境逼得他上天无路，土劣赶得他入地无门。亨利方达领衔九大明星合演美国当代大文豪约翰·史坦贝克氏得意杰作。

（1940 年 9 月 18 日《申报》）

另外，为了向观众推荐这部电影，香港大公报上还刊登了由亦代翻译的詹姆斯·杜根的影评《伟大的美国影片——〈愤怒的果实〉》，强调它的特别之处。文章首先对这部影片给予了很高的评价："看了这张片子时，人们会意识到其他的好莱坞影片是多少地贫乏和畸形。"然后，将小说和电影进行对比，对电影进行了专业而详尽的介绍，作者盛赞作家和导演在制作这部影片时的严肃态度："史坦因贝克在他的合同里坚持这片子须由他认可，而且须聘请劳动营中工作人员作顾问。同时约翰·福特以固执的正直来阻止曲解这部影片，而且供给了最优秀的演员及工作人员，使这部片足以成为美国艺术中最优秀的传统。"①

电影的上映和宣传无疑增加了小说及其作者的知名度，加快了小说汉译的步伐。1940 年 9 月，在《西书精华》第 3 期秋季号的"西书摘译"一栏，刊载了乔志高节译的《愤怒的葡萄》的第一章，题名《怒之果》。文末的编后记中提到"全书已由本刊旅美特约撰稿人乔志高先生翻译中文，将来全部脱稿将由西风社出版。"但是不知为何，乔志高的译本始终未能与读者见面。这一期《西书精华》的"西书消息"栏目还刊出了这部小说获美国普利策奖的消息。当时，《西书精华》在上海出版后，当月就能运到香港，《大公报》既有上海版也有香港版，因此，可以想见当时沪港两地有关斯坦贝克和《愤怒的葡萄》的译介消息几乎是同步的。

1940 年 10 月，上海出版的《大陆》杂志（1 卷 2 期）刊登了念之翻译的电影故事《怒火之花》。

1941 年，《愤怒的葡萄》两个全译本终于出版了，它们分别是聂淼翻译的《怒火之花》（1941 年 5 月由上海世界文化出版社出版）和胡仲持（1900—1968）翻译的《愤怒的葡萄——美国的大地》（1941 年 10 月由大时代书局出版）。

聂淼的译本将温和的《摘果记》一文当作序言，只是译名由《摘果记》改为了《怒火之花》。《申报》1941 年 5 月 25 日、6 月 15 日上刊登了《怒火之花》的图书广告：

> 看过电影并能听懂其中对白的人，没有一个不绝口称好，但片中的好尚不及全书精髓的十分之一，请再读本书。没有看过电影或看了不懂其中的对白，因而不能领略其中的佳处，请速读本书。不读本书是吾人精神上最大之损失！

1941 年 7 月 8 日，香港《大公报》上也刊登了《怒火之花》的图书广告，广告词基本与《申报》上的一致。

---

① 詹姆斯·杜根. 伟大的美国影片：《愤怒的果实》[J]. 香港大公报，1940-7-21（8）.

1941 年 10 月 5 日，《申报》刊登了《愤怒的葡萄——美国的大地》的图书广告：

> 本书系作者之代表作品，内容以一个典型的美国农家凄凉的逃荒生活为经，以美国深刻的经济恐慌为纬用灰暗的色彩，给这世界第一富国的表面繁荣所掩盖着的现实情形，描出一幅动人的图画。作者有独创的风格，奇妙的想象，以及对于社会现实的深刻观察，所以此书一出，不仅轰动美国，并且被推为美国青年除圣经以外所必读的第一部书，名贵可见。其影片（即怒火之花）被选为一九四〇年十大名片之一，各方早有定评。兹本局特敦请胡仲持先生译出，文笔生动细致，原作精华尽显，实为不可多得之名著名译，凡爱看小说杰作，欲知美国情形及研究世界文学者，都不可不读。

从图书广告词中，我们可以看到小说的推广又开始借力于电影的影响力了。聂淼的译本在四个月内就再版了三次，胡仲持的译本，也分别于 1942 年、1945 年再版，至今仍是权威，无人能撼动其地位。

除全译本外，还有几种不同摘译发表在文学杂志上，如 1941 年 6 月 1 号出版的《文学月报》第 3 卷第 1 期的"美国文学特辑"中刊载了秋蝉的译文《苍茫——〈愤怒的果实〉之一章》，著者题名"斯丹贝克"，1943 年 4 月《时与潮文艺》第 1 卷第 2 期刊载的黄曼卿的译文《公路上》等。1946 年第 27 期《新大众》杂志上刊登了由主编章容改写的《愤怒的葡萄》中的一章。电影介绍依旧如影随形，如上海《妇女界》杂志 1941 年 3 卷 1 期刊登了《怒火之花》的电影介绍。

2. 评论

对《愤怒的葡萄》最初的评介还是源于温和的那篇《摘果记》，作者认为"它提出了一个美国社会上的严重的问题，可是文笔又是这样的优美和矜持，绝没有一般自命为普罗作家的扭捏之态"，"虽然在题材上是悲剧，但全书每一页每一行都充满着希望和光明"。文章还引用了英国著名评论家卡特·马歇尔（Arthur Calder-Marshall，1908—1992）对《愤怒的葡萄》的高度评价，称之为雅俗共赏的杰作。

胡仲持的译本序中也有对《愤怒的葡萄》的评价："独创的风格，奇妙的想象，以及对于社会现实的深刻的观察"，"作者所处理的材料是不合理的社会的丑恶面。可是所成就的艺术品却有着真正的美。用'化腐臭为神奇'这句话来说明作者的写作本领是十分确当的。"①

胡仲持的译本出版后，桂林出版的《青年生活》4卷2期杂志在"新书评介"栏目里刊登了一篇署名为绯的短文，题目就是《愤怒的葡萄》。作者写道："在这部小说里，斯坦恩培克用他的有力的笔，细腻的描写，刻画出那些失去了土地的农民：他们对土地留恋难舍，而不得不忍痛离去时的那种心情，他们对未来怀疑，恐怖，而不得不冒险和种种死亡的威胁挣扎的种种惨状……在这上面，作者付出了全部的，有生命力的爱与同情。"作者认为，"和许多伟大的作家一样，他的成就是由于他认真地生活，辛勤地工作，和不断努力学习的原缘故"。由此，作者也通过评论斯坦贝克的作品道出了文学创作的一条规律。

此外，评论界还引进了一组苏联普通读者阅读《愤怒的葡萄》的读后感作为借鉴，题目为《为什么我们爱〈怒火之花〉》②。

抗战结束后，有关《愤怒的葡萄》的评论依旧进行着。1946年9月10日，《解放日报》文艺专栏刊登了一篇署名为王抗（王康）的长文《评〈愤怒的葡萄〉》，文后附有斯坦贝克的传略。文章开篇就指出这部小说的主题，"对美国资本主义的罪恶深刻的发掘和控诉（那是常常被表面繁荣掩盖着的），对于劳动人民苦难的发掘和控诉，对于人民的觉醒和力量洋溢着信心"，而这本小说之所以感人是由于作者独创的风格和对农民生活的透彻的认识和刻画，以及对于社会现实深刻的观察。王抗认为斯坦贝克塑造的牧师凯绥和约特的大儿子托莫以及母亲的形象是非常成功的，凯绥和托莫是觉醒了的劳动人民的典型，而母亲是"美利坚劳动人民精神的化身，她心地善良、淳朴，充满了正义和仁慈，有着坚强不屈的毅力和决断"。王抗尤其欣赏小说结尾的安排——罗萨香同意了母亲的建议，把自己的乳汁献给了一个快要饿死的病人，王抗说："我们仿佛看到了两尊圣洁的强毅的女神像站在我们面前。"难能可贵的是，王抗还就小说的一处翻译提出了自己的观点。小说中有一段话是这样的："于是饥饿者的眼睛里看着增加的愤怒，人民的灵魂里是充满了愤怒的葡萄，这长大起来，长大起来预备酿酒了！"王抗认为后面这句译文，若

① 胡仲持.《愤怒的葡萄》译序，愤怒的葡萄[M]. 重庆：大时代书局，1942：1-2.
② B. 斯柴富契娜，等. 为什么我们爱《怒火之花》[J]. 遂文，译. 文学译报，1942，1（1）：26-28.

是意译起来，可译为："人们的心灵充满了愤怒，它在增大，增大得要爆发了。"

1947年1月15日的《申报》上发表了蒋星煜先生的文章《〈从愤怒的葡萄〉看美国》，文章先是通过对比当时在美国小说界颇有影响的三个作家——海明威、沙洛扬和斯坦贝克，肯定了斯坦贝克"用他强有力的笔触刻画了美国人民生活的真实，而《愤怒的葡萄》的艺术价值和社会价值更达到了一个高峰的顶端"，然后，他在文中用大段大段的篇幅详细地介绍了小说的情节，最后从四个不同方面总结出小说是如何说明美国社会的现状的：一是美国的地主和资本家已经发现要获得更多的利润，不一定用增加资本扩充市场的方法，控制劳工和市场就能达到目的，控制了劳工和市场的结果，劳工为了生活的逼迫，只得接受最低的工资，结果仍然不能维持生活；二是美国式的民主虽然给予每一个国民以有限的言论自由，但是不能保证他们不受饥饿；三是一般人的宗教信仰的变质是一个事实；四是除了市侩阶层，美国人都是欢迎宾客的。文章强调了《愤怒的葡萄》的写实及其所具有的认识价值，但是对其艺术价值却未能进行深入挖掘，这不能不说是一种遗憾。

3. 在进步青年中的影响

《愤怒的葡萄》作为一本革命小说在中国的进步青年中也很有影响，1945年8月26日晚，西南联大文艺社举行了斯坦贝克讨论会，后来成为英美文学学者、翻译家的赵少伟（1924—1995）当年还是一名大学生，他作的就是关于《愤怒的葡萄》的读书报告。

燕京大学的美籍心理学教授夏仁德（Randolph Clothier Sailer，1898—1981）支持中国人民抗日救亡、争取进步的事业，关心学生的成长，向学生介绍美国文坛的情况，还将英文版的《愤怒的葡萄》借给学生阅读。上海交通大学的季文美教授也曾在抗战期间赠送《愤怒的葡萄》给学校中的进步社团"今天社"的同学。

很多青年学生从《愤怒的葡萄》中受到鼓舞，走上革命的道路。我国著名的核材料、材料科学专家李恒德回忆在当年读大学时，《愤怒的葡萄》中人民的觉醒使他产生了对国民党的不满和反抗心理，因此，他加入了中国共产党，从此走上了科学救国的道路。

广西大学教授高言弘回忆当年在南宁师院读书的时候因为参加了反饥饿、反迫害、反内战的学生运动，被投入国民党的监狱，在狱中，他阅读了《愤怒的葡萄》等名著，作为自己的精神食粮。

抗战期间，周恩来组建和领导抗敌演剧队，其成员大多是爱国青年，据抗敌演剧九队队员们回忆，她们曾组织一个"黎明读书小组"，每天清晨在葡萄架下朗读斯坦贝克的《愤怒的葡萄》《人鼠之间》等进步书籍。

4. 小结

《愤怒的葡萄》在现代中国得到广泛的传播和接受，主要得益于以下几个方面：一是小说和电影本身的思想和艺术价值；二是在美国获得的好评；三是其进步倾向契合了当时中国大众反抗"三座大山"压迫的心理；四是电影和小说相互借力，各种传媒积极响应；五是满足了中国人渴望全面认识美国社会，特别是美国底层社会的愿望。

（二）中华人民共和国成立后

中华人民共和国成立后，《愤怒的葡萄》一书继续受到重视，特别是"文化大革命"结束后，伴随着中国文化的全面复兴，这部作品得到了更为广泛的传播和接受，读者的认识也变得更加深广。

1. 译介

1959 年，胡仲持翻译的《愤怒的葡萄》由人民文学出版社再版，并且请著名文学翻译家张友松先生进行校订，在这一版的后记中胡仲持提到这个中译本的初稿是 1940 年他在生活动荡的期间翻译的，当时他对原书中美国乡村土语的语句了解很不够，因而在译本中有了一些删节和错误。因此，经张友松校订后的《愤怒的葡萄》，是一个真正意义上的全译本。他补全了译本中的多处漏译，纠正了一些错误，使译文较之先前更加准确和流畅。后来，胡仲持的译本又分别推出外国文学出版社 1982 年版，台湾远景出版事业公司 1989年 9 月版，上海译文出版社 2003 版、2004 版和 2007 版。另外，此译本经节选后被收入朱树飏选编的《斯坦贝克作品精粹》，此书由河北教育出版社 1994年出版。

新的译本和改写本也陆续出现。1983 年，台湾志文出版社出版了由杨耐冬译的《愤怒的葡萄》，成为新潮世界名著中的一册，书后附有斯坦贝克年谱。同年，香港大光出版社有限公司出版了康伯译的《愤怒的葡萄》。由叶至善、叶至诚根据胡仲持的译本改写的《愤怒的葡萄》被列入世界文学名著少年文库，由中国少年儿童出版社分别于 1987 年和 2000 年出版，后来又被湖北教育出版社列入"外国儿童文学经典 100 部"之一于 2011 年出版。由昱明改写的此书由浙江少年儿童出版社 1990 年出版，刘岩的译本由中国少年儿童出版社 1996 年出版，由张智圆缩写的《愤怒的葡萄》1998 年由台湾业强出版社出版，宋菲的译本被当作中学生课外必读名著由延边人民出版社 2001 出版，章玉东的译本被列入"世界文学名著系列丛书"由内蒙古少年儿童出版社，后来又被列入"世界文学名著百部"由 2001 年由中国戏剧出版社出版，2003、2005 年分别被列入"永久记忆版世界文学名著文库"由中国致公出版社出版。郑莉的译本被列入"世界禁书文库"2001 年由九州出版社和远方出版社出版，刘红霞的译本 2003 年由天津科技翻译出版公司出版，陈宗琛的译本由台湾春天出版国际文化有限公司 2013 年出版。

2. 评论

中华人民共和国成立后的 17 年，有关《愤怒的葡萄》的评论基本上还是局限于外部研究，而对小说的写作艺术少有提及。20 世纪 80 年代以后，这种情况有了改观，孙致礼的《试评约翰·斯坦培克的〈愤怒的葡萄〉》中对小说的多声部写法、象征描写、点题描写和人物的典型化描写给予了肯定，同时也指出了其中的不足："可能是由于作者过于强调一切为突出主题服务的缘故，小说有些地方露出概念化的痕迹。特别是小说的插述描写，虽然壮大了小说的气派，但因缺乏故事性，打断了叙事部分的节奏，或多或少地减弱了小说的艺术魅力。"[①] 20 世纪 80 年代初，社会历史批评仍占主流，这样的评论则显得十分可贵。

20 世纪 90 年代以后，研究角度也日渐多元化，有论者从宗教的角度分析这部小说与圣经之间的关系，其中比较有代表性的论文是温洁霞的论文《〈愤怒的葡萄〉中的〈圣经〉典故与象征意义》（《外国文学研究》2002 年第 2 期），作者认为，在《愤怒的葡萄》中，作家将《圣经》中的典故和寓意融会到作品的情节结构和人物性格里，从而使作品使获得了深刻的隐喻性和广泛的象征意义，成为一部"拯救"移民的现代"圣经"；另有不少论者运用生态文学批评的理论来探讨斯坦贝克在这部小说中所揭示的美国 30 年代的生态危机，例如曾令富的《呼唤灵魂深处的思想革命——试析〈愤怒的葡萄〉的思想内涵》（《外国文学评论》，1998 年第 3 期）、胡天赋的《〈愤怒的葡萄〉——一部伟大的生态文学之作》（《解放军外国语学院学报》2006 年第 5 期）、《王忻的《〈愤怒的葡萄〉中的生态整体主义观》（《湘潭师范学院学报》

---

① 孙致礼. 试评约翰·斯坦培克的《愤怒的葡萄》[J]. 教学研究，1981（2）：19-23.

（社会科学版），2008 年第 1 期）、王玉明的《西行还是诗意的回归——〈愤怒的葡萄〉生态维度之追问》（《外语研究》2009 年第 1 期）。对于这部小说在艺术上的特点，论者多集中在结构和语言两方面，其中比较有代表性的是张定铨的《〈愤怒的葡萄〉的结构和语言》（《山东外语教学》1982 年第 1 期）和杨靖的《主体章节与辅导篇章的巧妙结合——〈愤怒的葡萄〉结构分析》（《名作欣赏》1997 年第 1 期）。另外，作为小说，《愤怒的葡萄》极富电影特征，其强烈的视觉效果以及大量独特的电影画面技巧使之成为西方经典文学的代表作之一，吴玲英和陈姝以电影化理论为基础，详细分析了小说的视觉艺术特征，角度比较新颖。[①]解雨薇、蔼荟的论文《叙述视角的传递与作者意图的传达》（徐州师范大学学报（哲学社会科学版）》（2011 年第 3 期）通过对《愤怒的葡萄》及其五个汉译本的对比研究揭示了小说翻译中叙述视角的传递与作者意图传达的关系。这些研究的成果说明《愤怒的葡萄》具有多方面的研究价值，它在中国已经成为经典小说。

二、其他长篇小说

（一）《伊甸之东》

《伊甸之东》是斯坦贝克后期的一部力作，发表于 1952 年，小说中作者运用象征和写实交融的手法描写了特拉斯克和汉密尔顿两个移民家族三代人的命运，时间跨越美国南北战争和第一次世界大战，长达半个世纪之久，其中善与恶的斗争一直贯穿始终。此书一经推出便名列畅销书排行榜的首位，目前已被译成多种文字而广为流传，1955 年这部小说还被改编成同名电影，由著名导演伊莱亚·卡赞执导，成为美国电影的经典之作。

1986 年，人民出版社出版了由王仲年（王永年的笔名）先生翻译的《伊甸之东》，后来上海译文出版社购得斯坦贝克作品在全世界的中文专有出版发行权，王先生将原来的译本作了一次校订，交由上海译文出版社于 2004 年出版。另有一个台湾的译本，是邱慧璋译的《伊甸园东》收入《世界文学全集丛书》，由台北远景出版社 1979 年出版。

---

① 吴玲英，陈姝.《愤怒的葡萄》中的视觉艺术[J]. 湖南医科大学学报（社会科学版），2008（4）：196-198.

（二）《烦恼的冬天》

《烦恼的冬天》是斯坦贝克创作的最后一部长篇小说，发表于 1961 年，"在这本小说中，他达到了《愤怒的葡萄》所创下的水准，再度确定了他真理的独立阐释者的地位"。①小说借鉴了西方现代派的一些表现手法，将抒情与叙事相结合，现实与回忆相交织，突出了内心独白的作用，以美国东部的一个海港小镇为背景，描写了出身于古老世家的伊桑·霍利不满于平庸和拮据的生活，试图通过巧妙而卑鄙的手段获得财富、出人头地，最后在利欲和良知的斗争中幡然悔悟的故事。1981 年 9 月，陈映真主编的《诺贝尔文学奖全集》（第 38 卷）（台湾远景出版事业公司版）中收录了由孟祥森先生翻译的此书，译名为《不满的冬天》；1982，台湾正中书局又出版了另一个译本——《令人不满的冬天》（郭功隽译）。同年，这部小说又收入台湾九华文化事业有限公司出版的《诺贝尔文学奖全集》（第 36 卷）。中国大陆的译本《烦恼的冬天》是由吴均燮翻译的，这个译本 1982 年首次由人民出版社出版，后来又分别于 2004 年和 2008 年由上海译文出版社出版。2007 年，台湾皇冠出版社出版了一个新的译本——《冬日愁情》（张时译）。

（三）《相持》（*In Dubious Battle*，又译《胜负未决》，1936）

《相持》是斯坦贝克"工人三部曲"小说的一部，反映的是大萧条时期美国加利福尼亚一个苹果园的罢工斗争。小说由董秋斯翻译，上海骆驼书店 1946 年 3 月出版，书中附以杰克生的《记斯坦倍克》一文及译后记；1948 年，此书被列入"现代美国文艺译丛"再版。《申报》上还刊登了这本书的图书广告。

董秋斯之所以下决心翻译这部书，主要是因为作家文字精练、栩栩如生，"它对每一个人和每一件事的特征都把握得恰到好处，寥寥几笔，已经应有尽有。我读过以后，仿佛觉得，这不是一部书，这是一套电影。我所接触的不是文字，是具体的动作和形象"②。因此，这部书虽然是写劳资斗争的，却不是宣传文字，没有标语口号，这是难能可贵的。当然，董秋斯也指出小说美中不足的地方，那就是作家保持着第三者的立场，其认识与现实的距离不及《愤怒的葡萄》等小说。不过，董秋斯也客观地指出，"有资格批评这本书

---

① 宋兆霖.《诺贝尔文学奖文库》授奖词与授奖演说卷（上）[C]．杭州：浙江文艺出版社，1998：436.

② 董秋斯.《相持》译后记[J]．上海文化，1946（4）：33.

的现实性的人，应属于有过劳资斗争经验的人，应属于明了美国西部农村劳资斗争的人，我把这工作留给高明的读者"①。巫宁坤认为，小说中刻画的共产党员的形象不是很真实的。②

作为读者和译者，董秋斯发现这部小说还有一个特点是土话很多，且含有各种方言的成分，因此造成翻译上的困难，对此，他采用了意译的方法。

21 世纪以来，对于这部作品的解读出现了一些新意，例如，有论者认为《胜负未决》中反映了失衡的社会生态，即工人们由于薪资下降而忍受极差的生活环境，资本家们却占据大部分的资源，工人们选择罢工，许多冲突也由此而起，因此，暴力并不能解决生态问题。③还有论者集中分析了小说中运用的象征手法。

（四）《前进的客车》（*The Wayward Bus*，1947）

一本反映 20 世纪 40 年代美国人民生活困境的小说，禾金译，上海潮锋出版社 1948 年 4 月初版，1949 年 1 月再版。小说出版后出现了一些评论，如赵景深发表在 1947 年 5 月 17 日《申报》"春秋"栏目的文章《史坦培克的新作》；孟超发表在香港《小说》杂志 1948 年 1 卷 6 期上的《从〈前进的客车〉看史坦贝克》；赵景琛发表在《新书月刊》1948 年创刊号上的《前进的客车》。

第三节　中篇小说

一、《人鼠之间》

《人鼠之间》也是为斯坦贝克赢得声名的一部重要作品，其书名来自英国诗人彭斯的诗句："鼠与人的最好打算常常落空。"小说描写了相依为命的流浪农业工人乔治与莱尼一直梦想着有一块属于他们的小块土地，可惜最后未能如愿的悲剧。这部小说一问世，就被改编成剧本在纽约上演，获得巨大成功，荣获"纽约戏剧评论社奖"，确立了斯坦贝克在美国文坛上的地位。在著

---

① 董秋斯.《相持》译后记[J]. 上海文化，1946（4）：33.
② 叶汀. 珍珠[J]. 译文，1958（2）：50.
③ 刘杰. 约翰·斯坦贝克"工人三部曲"的生态解读[J]. 重庆：四川外国语大学，2016.

名剧作家乔治·S.考夫曼的帮助下，斯坦贝克将小说改编为电影脚本发表，好莱坞把它搬上银幕，共获得五项奥斯卡奖提名。

（一）译介

1938 年 5 月 17 日，《大陆报》（*The China Press*）的"好莱坞新闻和随笔"栏目报道了《人鼠之间》在美国境遇："约翰·斯坦贝克最初将《人鼠之间》写成剧本，但无人问津，于是他将剧本改写成小说。现在小说变得戏剧化了，于是在百老汇获得了成功，电影制片商们也在出高价争夺小说的版权。"

1940 年 4 月 26 日，《申报》上刊登了《人鼠之间》英文版图书广告，看来，在当时的上海，读者可以买到原版书。

中国电影出版社出版的《中国电影》1941 年 1 卷 1 期创刊号上刊登了《一九四零上半年度美国影坛》一文，介绍了好莱坞二月份上映的新片中就有《人鼠之间》，文中称之为"比较严肃的社会剧"。

《人鼠之间》最早的汉译，可能是柳无忌的节译《人鼠皆然》，刊在香港新流文艺社出版的《新的道路》上。

1942 年，这篇小说的全译在《文学译报》创刊的最初三期（5 月 1 号、6 月 1 号、7 月 1 日）中连载，翻译者是秦似（1917—1986），后来这个译本又出了单行本，于 1942 年由桂林远方出版社出版，"当时重庆《新华日报》曾发表长篇书评，向读者推荐"[①]。在单行本的《译后随记》中，秦似特意感谢了柳无垢先生，说她"刚从香港脱险归来，我就烦她为我校看一遍，而她也曾译完了这书的，可惜原稿葬送在海外了"。1946 年 5 月，秦似的译本又分别由上海和重庆的新知书店出版。1981 年 9 月，漓江出版社出版了秦似的译本，不过这一次是重译本，改正了初译本的多处谬误。重译本于 1989 年 2 月由漓江出版社再版。1994 年，由朱树飏选编的《斯坦贝克作品精粹》中也选择了秦似的译本。

1942 年，由茅盾主编的全国性的大型文艺综合性刊物《文艺阵地》第 7 卷分三期（第 1 期、第 2 期、第 3 期）刊载了由楼风翻译的《人鼠之间》三幕剧，由于《文艺阵地》出版时间较长，影响深广，因此，对于当时斯坦贝克和《人鼠之间》在中国的推广很有帮助。1943 年 3 月，这个译本由叶以群、臧克家、田仲济编辑，作为东方文艺丛书中之一册，在重庆东方书社出版。

---

① 秦似. 重译后记[M]//斯坦倍克. 人鼠之间. 秦似, 译. 桂林: 漓江出版社, 1981: 141.

楼风即我国著名翻译家、作家冯亦代，谈到当年翻译这部剧作的情形，他回忆道："我闲时经常流连在两路口一带的旧书店里，我觅到一本《美国现代二十名剧选》，这本书我是偶然发现的，还是较近的版本。我读了之后，对于所载的斯坦贝克同名小说改编的《人鼠之间》发生了兴趣，便在重庆的酷热季节里将它译成中文，由田仲济的天下图书公司出版。"①

1949 年 3 月，由上海晨光出版公司发行的《漂亮女人——现代美国短篇小说集》一书中也收入了这篇小说，译者是罗稷南（1898—1971），题名为《鼠与人》，书中还附有斯坦贝克的一幅照片。

1958 年，台湾新兴书局出版的世界文学丛书中收入了秀峰译的《鼠与人》。1969 年，台湾黄河出版社出版了黄维芳译的《老鼠与人》。1977 年 1 月，香港今日世界出版社出版了由汤新楣翻译的《人鼠之间》，后来，这个译本又被收入由台湾著名作家陈映真主编的《诺贝尔文学奖全集》（第 38 卷）和诺贝尔文学奖全集编译委员会译的《诺贝尔文学奖全集》（第 36 卷）。

孙法理和邹绛译的《鼠和人》被收入 1983 年 10 月出版的《世界文苑》（四川人民出版社）。2003 年，天津科技翻译出版公司出版了由常媚、刘红霞翻译的英汉对照小说《人与鼠》。2004 年，上海译文出版社出版的《斯坦贝克文集》中收录了由张澍智翻译的这篇小说。2013 年，台湾春天出版国际文化有限公司出版了陈宗琛译的《人鼠之间》。2016 年 1 月，上海文艺出版社又推出了李天奇的译本。

（二）改编

2015 年 10 月 22 日—25 日，由钟燕诗翻译及改编、郑传军导演的话剧《人鼠之间》在香港的元朗剧场上演。故事发生的背景还是美国的经济大萧条时期，但剧中的人物和情节略有改动：佐治和轻度智障的表弟阿细一起出去打工，相依为命。一次，佐治外出寻找工作，阿细被弃于村中，有个女人向阿细诉说自己不爱丈夫，梦想将来去拍戏，后来阿细意外地杀死了这个女人。

改编后的《人鼠之间》虽然因为时空的距离会让观众产生一些难以投入其中的陌生感，但是仍然会有一些共鸣的，例如，此剧表现出的草根阶层的艰难处境以及忽视智障人士心理需要而产生的可怕后果等等。从表演效果来看，值得称道的是"常播出效果真实的农村环境声，那份真实感比台上的布

---

① 冯亦代. 冯亦代自述[M]. 郑州：大象出版社，2003：184.

景更真实，有助观众看戏时更易投入角色处境”，而“某些小角色的形体动作有点像狗或其他动物，令部分剧场画面刹那蕴含'要面对弱肉强食'的意象”，这些都凸显了编导的再创造。①

（三）评论

《人鼠之间》在斯坦贝克的作品中占有重要的地位，因此为评论者所关注，其关注的焦点主要集中在小说的结构、语言、主题、主人公莱尼的形象上。谈到小说的结构，秦似认为“这部作品在结构剪裁上，有它很突出的特点，作者尝试用剧本的结构来写小说，结果是很成功的。小说共分六章，每章写的都是只在一个地方，同一个时间内发生的事。人物的活动和对话扣得很紧，几乎没有什么可以删削的多余笔墨。对于小说来说，这也可以说是最经济的一种写法吧”②。另外，秦似还总结出小说语言方面的特点：①对话多，②用了很多仅在加利福尼亚通行的“工寮习语”（Bunkhouse words）。③

关于小说的主题，概括起来就是：“梦、友谊、寂寞三者紧密结合形成了《人鼠之间》的主题。”④评论者分别加以论述，具体而言：第一，小说反映了美国加州的雇农生活，特别对于美国雇农渴望得到土地的心情，写得很为真切感人。⑤第二，小说所表现的主题源于作品的题目，“人鼠之间”取自英国著名诗人罗伯特·彭斯《致老鼠》中的著名诗句，“鼠与人的最佳设计常常落空”，失望不只是老鼠的命运，人的命运也是如此，不论人们怎样为自己的前程精心设计，也不论人们怎样为自己的最佳设计而奋斗，到头来也许都逃脱不了命运的支配。⑥第三，小说表现了人的内心孤独、需要爱和友情的主题。⑦另有论者将这部作品与老舍的《骆驼祥子》的梦想主题进行比较。⑧

论及莱尼形象，著名学者王元化认为，他像雨果《钟楼怪人》（又译《巴

---

① 何俊辉. 《人鼠之间》反映生活苦楚[N]. 香港大公报，2015-11-18（B13）B13.

② 秦似. 重译后记[M]//斯坦倍克. 人鼠之间. 秦似，译. 桂林：漓江出版社，1981：141-142.

③ 秦似. 译后随记[M]//斯坦倍克. 人鼠之间. 秦似，译. 上海、重庆：新知书店，1946：161.

④ 朱树飏. 斯坦贝克作品精粹[M]. 石家庄：河北教育出版社，1994：197.

⑤ 秦似. 重译后记[M]//斯坦倍克. 人鼠之间. 秦似，译. 桂林：漓江出版社，1981：141.

⑥ 田俊武. 鼠与人的最佳设计常常落空：关于约翰斯坦贝克《人鼠之间》的几种主题[J]. 湖北民族学院学报（哲学社会科学版），1999（1）：117-120.

⑦ 黄莉华. 一曲梦想爱的孤独之歌：《人鼠之间》主题试析[J]. 广西师范大学学报（哲学社会科学版），2002（2）：33-36.

⑧ 杜翠琴不同的国度相似的梦：《人鼠之间》与《骆驼祥子》的梦想主题比较[J]. 兰州教育学院学报，2011（1）：23-25.

黎圣母院》）中的主角加西莫多，但是斯坦倍克的人物"更平凡，更朴素，更真切"，他"有着巨人一般的体魄，粗野，鲁莽，然而在这粗糙的灵魂中，却藏着一颗赤子之心"。"他是一个好人，一个纯洁的人，一个不失童心的人。这样一个人活在这样的社会上，是命定只会受到损害的。"[①]复旦大学教授严峰认为："莱尼的故事让我意识到，除了爱，爱的方式也极为重要。不能说莱尼不爱这些受到伤害的小动物，但他有一颗热爱的心，却没有与之相匹配的智力，如果我们也像莱尼一样，对所爱的人用力过猛，就会像他一样捏碎自己的爱。"[②]也有论者认为莱尼是一个"白痴巨人"，他"隐喻着人类的脆弱、渺小、不完美与无能为力，还包括人类不能面对的分裂的自我：人类就是自己的敌人，人类在自我面前也无能为力"[③]。

二、《月落》（*The Moon is Down*，1942）

在20世纪40年代，斯坦贝克在中国的知名度曾经和海明威不相上下，除了他的代表作《愤怒的葡萄》（*The Grapes of Wrath*，1939）之外，他的作品当时在中国影响最大的莫过于中篇小说《月落》（*The Moon is Down*，1942）。这是一部战争题材的小说，它描述的是北欧一座小城被敌寇攻陷，人民奋起反抗的故事：在内奸考莱尔的帮助下，小城轻易地被敌军占领了，奥登市长的官邸也成了敌军的司令部。矿工亚历克斯因为反抗敌军军官而被捕，奥登市长拒绝审判他，反而称赞他的英勇行为，亚历克斯从容就义。征服者和被征服者之间的矛盾正在加剧，沦陷区的一些青年人开始逃亡英国。敌军军官汤德向亚历克斯的妻子莫莉求爱，被莫莉杀死。一些小型炸药被空投下来，人们纷纷捡走，不久就出现一些破坏性的爆炸。结尾处，奥登市长虽然被敌军拘捕，但是对未来充满了必胜的信心，他对敌军上校兰塞说："是生是死我不能选择，但是——我能够选择自己的行为。……人民是不愿意被征服的，先生，他们也不会被征服。"

1941年夏天，斯坦贝克开始写这部小说之前，曾经访问过北欧，但是没有到过欧洲的敌占区，他是通过那些从德国占领区逃到美国的流亡者口中了

① 王元化. 人和书[M]. 兰州：兰州大学出版社，2003：200.

② 严峰. 对孩子，光有爱是不够的[N]. 新民晚报，2016-4-9（A02）.

③ 温洁霞. "白痴巨人"的隐喻：试论斯坦贝克的小说《人鼠之间》[J]. 外国文学研究，2001（2）：80-84.

解到那里的情况的：敌占区的人民建立了许多地下组织，这些地下组织得到盟国的帮助，与德国法西斯进行着不屈不挠的斗争。斯坦贝克听了他们的故事非常感动，他说他佩服那些组织，他们不承认失败，尽管德国人在他们街上巡逻。斯坦贝克希望自己能够将敌占国的抗敌经验写出来，于是就诞生了这部小说。这部小说出版之时，美国经历了珍珠港事件，已宣布参战，全国上下群情激昂，因此，据美国《读者文摘》所载，小说在纽约刚刚问世一个月，销售量就达50万册，后来，由这部小说改编的同名剧在美国百老汇首演，20世纪福克斯影片公司还将它搬上银幕。此外，此书还被译成多种欧洲文字在德国占领区流传，受到了欧洲读者的称赞。1946年，斯坦贝克因为这部小说对自由运动所作的贡献而获得殊荣，挪威国王哈肯顿七世授予他"自由十字勋章"。

1943年，中国的抗日战争正处于相持阶段，国难当头，这本反法西斯题材的小说自然引起中国译者和剧作家们的极大关注，他们以笔为枪，积极地投入到抗日救亡运动中来，仅1943年这一年中，《月落》这部小说在中国就同时出现了五种不同的译本和一部改编的剧本，五个译本分别是：马耳（叶君健）译的《月亮下落》（载1943年3月15日《时与潮文艺》1卷1期）；胡仲持译的《月亮下去了》（开明书店1943年4月版）；赵家璧译的《月亮下去了》（桂林良友复兴图书馆印刷公司1943年4月出版）；刘尊棋译的《月落》（重庆中外出版社1943年4月重庆初版）；秦戈船译的《月落乌啼霜满天》（重庆中华书局1943年8月版）。这五个译本中，刘尊棋、秦戈船和赵家璧的译本后来又再版，影响比较大。

刘尊棋（1911—1993）是杰出的新闻工作者和翻译家。他在翻译《月落》这部小说时，正负责美国新闻处中文部和中外出版社的工作，一方面翻译美国的报刊文章和电讯。为了让读者先睹为快，他对《月落》这部小说的内容多有删减，只译出了故事的梗概，属节译本，后来这个译本又于1946年4月由北平中外出版社再版。

秦戈船（1903—1990，即著名的翻译家、散文家和教育家钱歌川）在以上提到的译者中据说是最早看到斯坦贝克这本小说的，他的译本先是在《新中华》杂志上连载，后来又印成了单行本。谈到这个译本的译名，秦戈船说他原本想将"*The Moon is Down*"照字面译为"月落"的，但是这译名已有人用了，所以他就借用了唐朝诗人张继《枫桥夜泊》中的名句"月落乌啼霜满天"来做译名，颇有诗意，暗合小说所描写的处于黎明前敌占区的人民同侵略者展开的艰苦卓绝的斗争，同时也表达了全世界反法西斯人民的必胜信念。秦戈船的译本也属节译本，但是与刘尊棋的节译本相比更忠实于原著，在内容上较为完整，因此在当时得到了一定认可，在 1943 年初版后又分别于 1944 年、1946 年再版。

赵家璧（1908—1997）的译本是全译本，在 1943 年版的中译本译者前言中，他回忆了这本书翻译的缘由：1942 年，他在桂林的英国新闻处 L. C. Smith 先生那里看到了"*The Moon is Down*"这本书，由于这本书是美国每月读书会（Book of The Month Club）的推荐书目，而斯坦贝克又是他喜爱的美国近代作家之一，因此，他一口气将这本书读完，觉得这本书写的其实就是中国沦陷区的故事，抱定一种'迟缓，沉默，等待的复仇方法'的人民就是中国沦陷区的同胞，而那些晚上见了黑影便放枪的敌军就是横行在中国沦陷区中的日本兵。当时国内已出版的文艺作品中，以沦陷区人民的生活思想为题材的并不多，而赵家璧认为这本小说以作品本身而言也是一件完美的艺术品，所以虽然听见已有朋友根据美国的《读者文摘》（*Reader's Digest*）翻译了本书的节本，他还是根据原本把它全部译完了。赵家璧的译本后来又分别再版，到目前为止是再版次数最多的。

除此之外，抗战期间根据《月亮下去了》改编的剧本也有数种，例如，苔薛改编的剧本《风雨满城》、蟾子改编的剧本《月落》、谷夫改编的四幕话剧《月亮下去了》、包起权改编的剧本《残雪》等，经过中国译者和作家改编后的剧本不但在体裁上发生了变化，适于舞台演出，而且出于抗战现实的需要，同时考虑到读者和观众的期待视野和审美习惯，在内容上也往往更加民族化，更加具有中华民族的文化意蕴，同时，作为被侵占国的国民，中国的作者往往将满腔激愤融入剧中，使矛盾双方的冲突更加激烈、更加集中。以包起权改编的《残雪》为例，除参照原著的框架结构以外，剧本将故事发生的时间安排在抗日战争期间，地点是中国一个沦陷的小县城，剧中对立的双方是中国人民和日本侵略者，结尾处改动最大，原著的结尾是奥登市长被敌军拘捕，他一边背诵苏格拉底的《自辩篇》，一边和老朋友温特医生从容告别，温特医生表示，"债是一定要还的"；而《残雪》的结尾则是冯县长引用陆游的诗句，赞颂梅花傲雪的精神，沦陷区发生了暴动，日本兵和汉奸统统被歼灭，红日东升、残雪消融，全剧在雄壮嘹亮的抗日歌曲中落幕。此剧创作于

1944年岁末，当时日本帝国主义已如残雪，日渐消融，作者借此剧激励国人："我们坚信，'抗战必能胜利'，但在胜利来临之前，我们必先克服这最后的艰危。所以，我们更要记取陆放翁的二句梅花诗：'幽香淡淡影疏疏，雪虐风饕亦自如。'"①

除此之外，与斯坦贝克的小说相比，此剧体现敌我双方的矛盾冲突则更为激烈，例如，剧中安排向巧贞求爱的日本军官野村恰好就是亲手枪杀巧贞丈夫的刽子手，后来巧贞替夫报仇，又亲手杀死了野村，而小说中只笼统地说莫莉的丈夫就是德国军官们枪杀的，这也许是因为斯坦贝克缺乏中国作者的那种切肤之痛吧。

《月亮下去了》在中国的影响不仅局限于抗日战争期间，因为作家立意深远，探讨了有关暴政和自由的问题，具有积极的现实意义，同时也是因为小说所具有的艺术魅力，因此，这部作品的中译本和改编剧本在中国抗战结束后又多次再版，同名剧本亦有中译本，中华人民共和国成立后，我国还出现了几种新的译本，收录在斯坦贝克的作品集和各类丛书中，据笔者统计，到目前为止，这部小说的中译本种类仅次于《愤怒的葡萄》。

三、《煎饼坪》

《煎饼坪》是斯坦贝克的成名作，小说以第一次世界大战后一个偏僻的美国山村为背景，仿照中世纪《亚瑟王和他的圆桌骑士》的故事描写了一群帕萨诺流浪汉们简单而朴素的生活。这篇小说安慰了那些饱受经济危机之苦的美国读者，因此，刚一问世就大受欢迎，使斯坦贝克成为数百万人的偶像。中国读者看到这篇小说是在大约9年之后，它的翻译不像《月亮下去了》那样及时，与其所表现的主题不无关系。

1944年1月1日桂林出版的《当代文艺》从1卷1期开始，连续刊载了胡仲持的译文《馒头坪》，著者题名"史坦恩培克"，可惜最后因刊物终刊而未载完。所幸的是，这篇小说后来又在1946年1月经上海云海出版社以单行本的形式出版，翻译者是罗塞，名为《被遗弃的人》。1946年3月23日的《申报》还刊登了这本书的初版广告。同年，根据这部小说改编的电影在上海的影院上映，中译名为《同甘共苦》。

---

① 包起权. 残雪·后记[M]. 重庆：正中书局，1945：118.

1946 年 179 期的《中学生》杂志上刊登了署名冷火（王知伊）的文章《"被遗弃的人"——这是好笑的，但它也紧握住你的心》。冷火认为"斯坦倍克是近十余年来世界最成功的作家之一"，"因为斯坦倍克的灵魂和那些可爱的人息息相通，才能在写作时不怎样吃力，'被遗弃的人'中的那些人物才能够博得读者深挚的同情"。关于这部小说的主题，作者先是援引了斯坦贝克给代理人的信中的一段话，然后得出这样的结论："从这里，我们想，叫人探索这些可悲的派散诺人的命运是怎样造成的，也许这正是《被遗弃的人》的主题所在。"在文章的结尾，作者还就小说的翻译问题发表了个人见解："Tortilla Flat 这名词并不能够肯定地指说是某一个地方的名字，其意义相当于我国所说的'三家村'"，"罗塞先生所译的《被遗弃的人》""译笔并不十分畅达，但大致还能不失原义。"

1968 年，楚茹译《薄饼坪》由台湾文坛社出版。

1985 年，湖南人民出版社出版了由章锦南翻译的单行本，译名为《托蒂亚平地》。1992 年，台湾联经出版公司出版了由林淑琴翻译的《平原传奇》。

2004 年 3 月，上海译文出版社出版的《斯坦贝克文集》中也收录了《煎饼坪》这篇小说，译者为张健。

四、《珍珠》

《珍珠》是斯坦贝克根据真人真事创作的一部小说，可以当作一篇寓言来读。故事讲的是墨西哥渔民奇幸运地采到了一颗大珍珠，珍珠在他心里燃起了各种美好的希望，同时也招来了敌人的妒忌和暗算，奇诺一家被迫出走，路上爱子遭到追捕者的杀害。最后，奇诺和妻子回到家乡，把珍珠扔进了大海。"小说充分运用视觉、感觉、触觉、幻觉等直觉手法，使主人公抛却财富、但求纯真与安宁的主题更具感人的诗意"，①小说问世后得到了很高的评价，被收入美国中学文学教材。

这部小说的英文版当年在上海的书店也很抢手，据 1948 年 3 月 26 日的上海《大公报》报道："史丹倍克的《珍珠》一来了几本，隔几天去看就绝迹了。"

根据这部小说改编的电影 1949 年 9 月曾经在香港上映，当时的译名为《珍

---

① 董衡巽. 译本前言[M]//约翰·斯坦贝克. 人鼠之间. 董衡巽，译. 桂林：漓江出版社，1989：10.

珠劫》。

这篇小说的中译本有以下几种：1948 年 10 月 15 日出版的《文艺春秋》杂志第 7 卷第 4 期刊载了由任以奇（任溶溶）翻译的《珍珠》；麦耶（董乐山）的译本刊登在《宇宙》1948（1—5 期）；婉龙的译本《沧海珠泪》由台湾高雄拾穗月刊社（1953）；叶汀（巫宁坤）的译本刊登在 1958 年 2 月号的《译文》；范仲英的译本由天津百花文艺出版社出版（1984）；刘红霞和常媚的译本由天津科技翻译出版公司出版（2003）。

1982 年，台湾志文出版社出版的《史坦贝克小说杰作选》中收录了杨耐冬翻译的《珍珠》节选部分——《象征的奇迹》；1984 年，人民文学出版社出版的《斯坦贝克选集·中短篇小说选·二》中收录了由巫宁坤翻译的《珍珠》，后来这个译本再次被漓江出版社出版的《人鼠之间》（1989）和河北教育出版社出版的《斯坦贝克作品精粹》（1994）收录；对于巫宁坤和范仲英的两个译本，有论者曾经做过如下评价："巫本拘泥于直译，行文不够简练，措辞不太准确，反映不出原文的艺术风格，而范译追求神似、在传达原文的风格和神韵方面下功夫，善于变通，使异国《珍珠》在东方百花竞艳的文苑仍珠光灿烂。然而，仔细推敲一下，范译也有意译过火，或表述不当之处。"①

五、《罐头厂街》

《罐头厂街》是一部喜剧性很强的作品，小说中的主人公多克是一位海洋生物学家，他平时乐于助人，罐头厂街的人都希望找机会报答他，马克他们一伙儿流浪汉为他准备了一次宴会，结果不但多克没有赶上，实验室也被弄得一片狼藉，损失惨重。后来，他们为多克安排的第二次宴会终于获得了成功，全镇的各界代表都参与其中，就连路过的水手和警察也加入狂欢的队伍中。

据我国翻译家、作家任溶溶回忆，1945 年他译出了斯坦贝克的《罐头街》，先是询问巴金先生能否在其主持的文化生活社出版，被拒绝，后来开明书店接受了，但是没有出版。这不能不说是一件憾事。②好在 1970 年王健、李盈译的《制罐巷》由台湾大林出版社出版，李玉陈翻译的这部小说在 1984 年由

---

① 左自鸣. 评《珍珠》的两个中译本[J]. 广西师院学报（哲学社会科学版），1994（2）：64.
② 任溶溶. 我认识巴金同志[N]. 新民晚报，2017-05-18（A21）

人民文学出版社收入《斯坦贝克选集·中短篇小说选·二》。

第四节　短篇小说

斯坦贝克创作的短篇小说精品主要集中在《长谷》(*The Long Valley*，1938)中，其中的篇目都已译成中文，被收录在不同的作品集中或是刊登在相关文艺刊物上，但是笔者还没有发现全译本，因此有必要按照《长谷》中的篇目顺序逐一加以介绍。

一、短篇小说集《长谷》

1.《菊花》(*Chrysanthemums*)

《菊花》细致地刻画了萨利纳斯山谷的一位农妇伊莉莎孤独、压抑的内心世界，她没有子女，将全部感情投入到菊花的培育上，她一直渴望找到知音，然而，无论是丈夫亨利还是那个补锅匠都抱着实用主义的态度而不能真正理解她，作者在她的身上寄予了深切的同情。这篇小说自发表后就一直受到好评，早在 1944 年 12 月，《时与潮文艺》4 卷 4 期上就刊载了严文蔚译的这篇小说；1947 年 1 月 15 日出版的《文艺春秋·翻译专辑》里刊载了克兴翻译的《菊花》；后来，1972 年 10 月台湾志文出版社出版的《诺贝尔奖短篇小说集》中收录了由蔡进松翻译的《菊花》；1982 年 9 月，台湾志文出版社又出版了《史坦贝克小说杰作选》，其中收入的《菊花》是杨耐冬翻译的；同年，《外国文学》第 9 期杂志上刊载了王成武翻译的《菊花》；时隔 14 年，《外国文学》杂志 1996 年第 1 期上又刊载了由苏索才和王建红翻译的《菊花》；2004 年，上海译文出版社出版的《斯坦贝克文集·人与鼠》中再次收录了这篇小说，译名为《菊》，译者为张澍智。"菊花"在中国大陆和台湾几度开放，显示着她长久而多彩的魅力。

进入 21 世纪以来，短篇小说《菊花》越来越受到评论界的关注，有关主题方面的评论以孟芳的《"不再存在精神问题"——斯坦贝克〈菊〉的主题阐释》[①]为代表，作者认为这篇小说试图揭示在当代社会日益物质化、功利化

---

① 孟芳. "不再存在精神问题"：斯坦贝克《菊》的主题阐释[J]. 中州大学学报，2007(1)：59-61.

的进程中，人类的精神生活日趋萎缩的状况。大多数的评论都是围绕着小说的女主人公伊莉莎展开的，而且多借助女性主义的理论进行剖析，例如付文中、胡泓的《斯坦贝克〈菊花〉的生态女性主义解读》①，许红娥、郑桃云的《被弃之菊花被摧之女性——重新解读约翰·斯坦贝克〈菊花〉中的生态女权意识》②，杨升华的《女性身体的哀歌：斯坦贝克〈菊花〉的身体叙述》③等。另外，还有论者运用比较文学的方法，将伊莉莎与其他作家笔下的女性相比较，如杨红梅的《不同的女性人物相似的心路历程——〈菊花〉和〈献给爱米丽的玫瑰〉的女性主义比较解读》④，杨瑜的《女性价值的追寻与幻灭——斯坦贝克〈菊花〉与凌叔华〈绣枕〉的比较》⑤

2.《白鹌鹑》(*The White Quail*)

如果说在《菊花》中受压抑的是女性，那么在《白鹌鹑》中则变成了男性，它为读者讲述了这样一个故事：美丽的玛丽·蒂勒精心设计了一个花园，并将它视为生命中的一部分，唯恐其中的花木被毁坏。后来，她又将一只飞到园中的白鹌鹑当作自己的化身，时时担心它的安全，为此，她疏远了自己的丈夫。结果，她丈夫用气枪下意识地打死了白鹌鹑。这篇小说于 1947 年 12 月 15 日刊登《文艺春秋》第 5 卷第 6 期，易蓝译。1982 年 9 月，台湾志文出版社出版的由杨耐冬翻译《史坦贝克小说杰作选》中也收入了此篇。

3.《逃亡》(*Flight*)

《逃亡》写的是 19 岁的青年皮比与人争吵时不慎失手用飞刀将对方杀死，后来在逃亡途中饮弹而亡的故事。1982 年 9 月，台湾志文出版社出版的由杨耐冬翻译的《史坦贝克小说杰作选》中收入了此篇，译名为《逃》；2004 年，上海译文出版社出版的《斯坦贝克文集》中也收入了由张澍智翻译的《逃亡》。

4.《蛇》(*The Snake*)

《蛇》也是《长谷》中精彩的一篇，它情节简单却极富张力：夜晚，一

---

① 付文中，胡泓. 斯坦贝克《菊花》的生态女性主义解读[J]. 黄冈师范学院学报，2006（8）：15-17.

② 许红娥，郑桃云. 被弃之菊花被摧之女性：重新解读约翰·斯坦贝克《菊花》中的生态女权意识[J]. 成都大学学报·教育科学版，2008（9）：113-117.

③ 杨升华. 女性身体的哀歌：斯坦贝克《菊花》的身体叙述[J]. 安徽文学，2010（3）：133-134.

④ 杨红梅. 不同的女性人物相似的心路历程：《菊花》和《献给爱米丽的玫瑰》的女性主义比较解读》[J]. 辽宁教育行政学院学报，2007（7）：121-123.

⑤ 杨瑜. 女性价值的追寻与幻灭：斯坦贝克《菊花》与凌叔华《绣枕》的比较》[J]. 辽宁行政学院学报，2008（2）：187-188.

位瘦高的女人来到菲利普博士的生物实验室，要买他的雄性响尾蛇，再买它的白鼠喂蛇，她看过了蛇吞鼠的全过程后表示每隔一短时间会来用白鼠喂蛇，她走了，后来再也没有露过面，但是却占据了菲利普的心。笔者所知的这篇小说最早的汉译译文刊载在《中国文艺》9卷1期（1943年9月）上，译者祁乐为；1982年9月，杨耐冬翻译的《蛇》也面世了①；《外国文学》1996年第1期上刊载了由苏索才和王建红翻译的《蛇》；2001年第3期《外国文艺·作家译坛》中刊载了中国当代女作家王安忆翻译的《蛇》，并附有译者前言。在前言中，王安忆谈到她翻译这篇小说时的费尽心思和如履薄冰："我尽力为菲利普博士寻找客观的词汇，世界对于他，是物理性的，也因此，他富于动。我就再把一些冷静、快捷、果断的词汇用于他的描绘。而女人呢，相反，她是虚无的，不真实的，文中说她的嗓音是一种平音，我决定给她一种短促的语言，几乎，仅有一次例外，我不给它叹词。她说话就没尾音，有些不自然，不大像人说话。希望这些苦心能够传达出哪怕百分之一"，"这样，我就翻完了《蛇》，比我自己写作一篇小说还吃力，那是出于万分的小心谨慎，生怕把一个好东西给弄糟了。我一直努力地接近它，接近它，让自己能够走进去，站到作者的位置上跟着他所思所想，然后将这故事变作自己的，自然而然地讲述出来。"②王安忆的这段感言表达了对斯坦贝克这篇文学精品的热爱与尊敬以及对译文精益求精的审慎态度，同时也谈到了一些翻译技巧，对于外国文学作品的翻译有一定的借鉴意义和研究价值。

5.《早餐》(*Breakfast*)

《早餐》篇幅短小，情节也非常简单，它只是主人公"我"对一段经历的美好回忆：拂晓时分，在寒冷的山间小路上，他被一顶帐篷旁升起的袅袅炊烟所吸引，一位青年妇女一边喂着婴儿，一边做着早餐。在主人的邀请下，他美美地享用了一顿丰盛的早餐，然后接着赶路，温暖、愉快和满足之感永远留在了记忆中。

此篇的汉译收入现代英美小说翻译丛书《金发大姑娘》③。另据黄群英在《现代四川期刊文学研究》中记述：还有一个译本发表在四川《中原》杂

---

① 史坦贝克. 史坦贝克小说杰作选[M]. 杨耐冬，译. 台北：台湾志文出版社，1982.
② 约翰·斯坦贝克. 蛇·前言[J]. 王安忆，译. 外国文艺，2001（3）：213.
③ 约翰·斯坦贝克，等. 金发大姑娘[M]. 亦代，水拍，译. 重庆：美学出版社，1944.

志上，译者为白丁。①

1982 年 9 月，台湾志文出版社出版的由杨耐冬翻译的《史坦贝克小说杰作选》中收入了此篇；2004 年，上海译文出版社出版的《斯坦贝克文集》中收入的《早餐》是由张澍智翻译的。

6.《突袭》（*The Raid*）

《突袭》这个短篇描写了两位劳工组织者迪克和鲁特，他们明知搜捕队就要来了，却还坚守岗位，最后被打伤，并以煽动暴乱罪被关进监狱。这些革命者的殉道精神后来在《相持》和《愤怒的葡萄》中也有所体现。

小说有两个中译本，一个是杨耐冬翻译的，收入《史坦贝克小说杰作选》；另一个是由张澍智翻译的，收入《斯坦贝克文集·人与鼠》。

7.《紧身甲》（*The Harness*）

蒙特雷县的农民彼得在妻子的管束下经常身穿网状的紧身甲，腰系宽宽的松紧带，因此而显得腰板笔直、精神抖擞，颇受人们尊敬。妻子死后，他自以为摆脱了所有的束缚而随心所欲，但是潜意识中还在受妻子的控制。这篇小说同《菊花》《白鹌鹑》一样表现了人性受到压抑的主题。

1947 年 1 月 15 日出版的《文艺春秋·翻译专辑》里刊载了易蓝翻译的这个短篇，译名为《胸甲》。后来，又有杨耐冬译的《肩带》和张澍智译的《紧身甲》两个译本，分别收入《史坦贝克小说杰作选》和《斯坦贝克文集·人与鼠》。

8.《民团》（*The Vigilante*）

《民团》是斯坦贝克早年创作的一部短篇小说。小说根据加州的一桩儿童绑架案罪犯被凌迟处死的真实事件写作而成，讲述了主人公密克参与对黑人实施私刑前后的心路历程。他和大多数人一样，出于冲动，狂热地参与了对那位黑人的迫害，起初感到很满足，但是离开了人群，从酒吧饮酒后再回到家中，又感到空虚、孤寂和疲倦，于是他开始反思自己的盲从。

这篇小说最初的译名是《保安队员》，收入亦代、水拍译的现代英美小说翻译丛书《金发大姑娘》，后来又有董秋斯的译文，译名为《民团》②，当董秋斯将该篇收入自己的译文集《跪在上升的太阳下》③时，又将译名改为了《凌

---

① 黄群英. 现代四川期刊文学研究[M]. 成都：四川大学出版社，2010：259.

② 约翰·斯坦贝克. 民团 [J]. 董秋斯，译. 中国建设，1947（4）：59-61.

③ E. 加德维尔，等. 跪在上升的太阳下[M]. 董秋斯，译. 上海三联书店. 1949.

迟》。1951 年 2 月，董秋斯将《跪在上升的太阳下》中描写黑人的小说辑成《美国黑人生活纪实》[①]一书，《凌迟》再一次入选。

9.《约翰熊的耳朵》（*Johnny Bear*）

《约翰熊的耳朵》讲述了这样一个故事：在加利福尼亚州的洛马小镇上有一个善于模仿别人声音的体态臃肿的智障人约翰尼，绰号"约翰尼大熊"。他为了在酒吧讨酒喝就惟妙惟肖地模仿偷听来的对话，出身高贵的艾米与自己农场上的一位华工发生了暧昧关系，并怀有身孕，他们的事情被约翰尼公之于众，艾米因此而上吊自杀，成为种族偏见的牺牲品。

这篇小说的中译本最早刊登在 1943 年 10 月《时与潮文艺》的第 2 卷第 2 期，由胡仲持翻译，题为《约翰熊的耳朵》。这个译本的单行本 1944 年由桂林文苑出版社出版，收入英汉对照文艺丛刊，1945 年又收入由柳无忌编的《世界短篇小说精华》（上）（重庆），这册书 1948 年 6 月由重庆正风出版社再版。

另有董秋斯译的《约翰熊》，最初发表在《中国建设月刊》1947 年 5 卷 2 期，后收入小说集《跪在上升的太阳下》[②]。台湾翻译家杨耐冬则将其译为《姜尼"熊"》，译文收入《史坦贝克小说杰作选》。另外，还有敖得列的译文《约翰尼大熊》，刊登在 1988 年第 1 期《百花洲》上。

关于这篇小说的国内研究不是很多，笔者只发现了两篇论文，一篇是从翻译学的角度谈的[③]，另一篇是从叙事学的角度谈的。[④]

10.《谋杀》（*The Murder*）

《谋杀》讲的是一位农夫惩罚妻子和奸夫的故事。这篇小说曾获欧·亨利短篇小说奖，其汉译最早刊登在《时代中国》1943 年第 8 卷（第 1、2 期合刊）上，译者缪雨，译名为《谋杀》。1949 年，《新中华》杂志第 12 卷第 10 期又刊登了高滔的译文，译名为《杀奸》。杨耐冬译的《谋杀》收入《史坦贝克杰作选》。

---

① E. 加德维尔，等. 美国黑人生活纪实[M]. 董秋斯，译. 北京：生活·读书·新知三联书店. 1951.

② E. 加德维尔，等. 跪在上升的太阳下[M]. 董秋斯，译. 上海三联书店，1949.

③ 程家惠，袁斌业. 从《约翰熊的耳朵》看胡仲持的文学翻译风格[J]. 钦州学院学报，2013（3）：50-53.

④ 刘炜. 他者的眼光 女人的绞索[J]. 黄冈师范学院学报，2005（4）：34-36.

11.《圣女凯蒂》(*St. Katy the Virgin*)

小说通过一头邪恶的母猪变成一位圣徒使者的故事讽刺了教会的虚伪。此篇最早译为《处女圣凯蒂》,译者白凫,[①]后来杨耐冬译的《史坦贝克杰作选》中也收录了此篇。

12.《小红马》(*The Red Pony*)

《小红马》是带有自传性质的系列成长小说,形式和内容结合得非常完美。它包括四个短篇:《礼物》《大山》《许诺》和《人民的首领》,从 1933 年开始陆续发表,后来一起被收集到短篇小说集《长谷》中,但前三个短篇被置于《小红马》的题目之下,最后一个短篇单独列出。直到 1945 年,这四个短篇才被收集起来,以《小红马》为书名单独出版。1946 年,这部小说被介绍到中国来,在一年中出现了五个译本:《红马驹》,董秋斯译,上海骆驼书店 1946 年 4 月;《红马驹》,王玢译,《时与潮文艺》5 卷 5 期,1946 年 5 月;《大山》,曹锡珍译,《文艺先锋》9 卷 2 期,1946 年 8 月;《红驹》,刘与译,《世界文艺季刊》1 卷 4 期,1946 年 11 月;《红驹》,蕴璞译,《中美周报》1946 年 216 期、218 期。

后来,这部小说又多次被翻译和再版。1969 年,香港今日世界社出版了伍希雅的译本《小红马》;《当代外国文学》杂志 1981 年第 1 期刊载了由王汉梁翻译的《小红马》的第二篇《崇山峻岭》(*The Great Mountains*);1982 年,台湾志文出版社出版的《史坦贝克小说杰作选》中收录了杨耐冬翻译的《大山》;1983 年,潘辛、吴焱煌翻译的《小红马》由少年儿童出版社出版;1994 年,吴雅惠翻译的《小红马》由台湾台南汉风出版社出版;1996 年,由李文俊主编的《世界中篇小说经典》(美国卷)将石枚译的《小红马》收录其中;2004 年,上海译文出版社出版的《斯坦贝克文集》中也收入了石枚译的《小红马》;2009 年,浙江文艺出版社出版了由史津梅、富彦国翻译的《小红马》。从以上所列举的翻译情况来看,这篇小说在中国的译本种类之多和再版之频繁几乎可以与《愤怒的葡萄》相媲美,这大概是因为它记述的是一位少年的成长过程,文笔清新、流畅,充满着真挚的情感和泥土的气息,因此,常常作为儿童读物推荐给中国的小读者们,并深受他们的喜爱。

根据这部小说改编的电影《春晓大地》(1949)被引进中国台湾,经刘瑞

---

① 约翰·斯坦贝克. 处女圣凯蒂[J]. 白凫, 译. 中国文学. 1946, 1 (1): 32-34、41.

绵、徐雅玲翻译，1993 年由台北帝尹传播公司出版。

二、《天堂牧场》（*The Pastures of Heaven*，1932）

该书以插曲形式描写了加州几家农民的故事。1948 年第 202 期至 1949 年 210 期《中学生》刊登了叶至美译的《天堂牧场》。董秋斯翻译了《天堂牧场》中的第四章，译名为《小蛙》，最早刊登在《中国建设》1947 年 4 卷 6 期，后收入其编译的短篇小说集《跪在上升的太阳下》。1968 年，台湾正文出版社出版了段续翻译的《天堂牧场》。

第五节　非小说类作品

一、《苏联行》（*A Russian Journal*，1948）

《苏联行》是一本旅行札记，记录了斯坦贝克与战地摄影家卡帕四十天的苏联之行，同时附有 4000 余张照片，生动地展现了第二次世界大战后苏联人民的生活。很快，《世纪评论》1948 年第 4 卷第 4 期就推出了田心的书评《史坦倍克的"苏联行"》。同年，《文摘》1948 年第 13 卷第 1 期还刊登了芮鹤九译的《史坦倍克绘苏联生活图》，节选了其中的一些段落，还配以照片，随后，《文摘》第 13 卷第 6—8 期又连载了《苏联行》的前三章，译者是复旦大学教授兼《文摘》的编委贾开基和蒋学模。1948 年，由他们合译的全译本由文摘出版社出版。2002 年 10 月，台湾马可孛罗出版社出版了由杜默翻译的《斯坦贝克俄罗斯纪行》，2006 年 1 月，重庆出版社又再版了这个译本。2015 年 7 月，杜默的译本由北京大学出版社再版。

二、《战地随笔》（*Once There Was a War*，1958）

《战地随笔》是斯坦贝克的一本军事散文集。1943 年，斯坦贝克作为纽约《先驱论坛报》的战地记者，在英国、北非和意大利写下了几十篇通讯，15 年后结集为此书，并多次再版。这本书以士兵作为战地通讯的主角，记述的大多是他们的一些平凡小事，语言节奏明快、谈锋机智，诙谐幽默，《芝加哥论坛报》曾评价说："你若忘却战争是什么样子，斯坦贝克将刷新你的记忆，绝不会使这样的作品黯然失色。"①1984 年，湖南人民出版社出版了此书的中译本，译者为朱雍，此书颇受中国读者欢迎，被数度再版，其中的篇章分别入选《世界反法西斯文学书系·美国卷 3》②、《诺贝尔文学奖文库》③、《世界散文随笔精品文库·美国卷》④等书。

三、《斯坦贝克携犬横越美国》（*Travels with Charley in Search of America*，1962）

这是斯坦贝克的最后一本游记。1960 年的秋天，斯坦贝克带着他的那只蓝色的法国狮子狗查理进行了一次旨在重新发现美国的旅行。后来，他将这次旅行按时间先后顺序记录在《斯坦贝克携犬横越美国》这本游记中，其中包括他横穿美国大陆的独特体验，对森林、草地、沙漠、公路、乡野、教堂等多种自然与社会风景的描绘，以及对美国社会的复杂见解。这本游记出版后极受大众欢迎，就连查理也因此出了名，成为读者的宠物。1984 年，台湾三民书局出版了这本游记的中译本，名为《斯坦贝克携犬旅行》，译者为舒吉（原名周叔昭）；2005 年，重庆出版社又出版了另一个中译本，即麦慧芬译的《斯坦贝克携犬横越美国》，其中的优秀篇目被选入申奥编译的《美国名家散文选》⑤

四、《美国与美国人》（*America And American*，1966）

这是一部集自传、叙事、随笔和杂论于一体的文集，其体裁不拘，别具风格，图文并茂。作为作家个人宣言和毕生思想之总结，其由 9 个部分组成，从不同侧面和角度展开了对美国和美国人的精神实质的探索，为读者展现了一幅广阔的美国生活画卷。1989 年，这本书的中译本作为广州花城出版社浪潮丛书中的一本出版，译者为黄湘中。

① 朱雍. 斯坦贝克《战地随笔》分析[J]. 深圳教育学院学报, 1997（2）: 28.
② 刘白羽. 世界反法西斯文学书系·美国卷 3[M]. 重庆: 重庆出版社, 1992.
③ 宋兆霖. 诺贝尔文学奖文库[M]. 杭州: 浙江文艺出版社, 1998.
④ 钱满素. 世界散文随笔精品文库·美国卷[M]. 北京: 中国社会科学出版社, 1993.
⑤ 申奥. 美国名家散文选[M]. 天津: 百花文艺出版社, 1996.

五、《斯坦贝克日记选》(*Working Days: The Journals of The Grapes of Wrath，1938—1941，1992*)

1992 年 7 月，由罗伯特·迪莫特编辑、邹蓝译的《斯坦贝克日记选》[①]在中国面世了，在此之前，美国华裔学者、作家董鼎山先生在 1990 年第 1 期《读书》杂志上已经对这本书进行了详细的介绍并摘录了其中的一小段。本书共分前奏、一本书的日记和结局三个部分，日记记述了斯坦贝克在创作《愤怒的葡萄》时的构思和心路历程，而编者——著名的斯坦贝克研究专家迪莫特在每部分日记前都对斯坦贝克当时的生活和创作环境进行了详细的介绍，又为读者理解日记内容、了解作家心态提供了帮助，该书的出版为中国的斯坦贝克研究提供了非常重要的资料，正如董鼎山先生所云："任何当前与未来的创作家都应购来一读。从他的自述中，我们可以洞察一个创作的头脑如何起作用。任何作家都会了解他的自疑的苦恼，创作是一种辛苦的内心挣扎。"[②]

综上所述，到目前为止，斯坦贝克的作品大部分都已有了中译本，有的还不止一种，这为学界的斯坦贝克研究奠定了良好的基础。

---

① 斯坦贝克. 斯坦贝克日记选[M]. 邹蓝，译. 天津：百花文艺出版社，1992.

② 董鼎山. 斯坦贝克的写作日记[J]. 读书，1990（1）：136.

参考文献

一、中文

1. 方杰.斯坦贝克与社会权利话语[M].北京：军事谊文出版社，2002.

2. 梁亚平.美国文学研究[M].上海：东华大学出版社，2004.

3. 田俊武.约翰·斯坦贝克的小说诗学追求[M].北京：中国社会科学出版社，2006.

4. 杨彩霞.二十世纪美国文学与圣经传统[M].北京：中国人民大学出版社，2007.

5. 张昌宋.约翰·斯坦贝克创作研究[M].北京：国防工业出版社，2011.

6. 徐向英.生态批评视域下的斯坦贝克研究[M].北京：华夏出版社，2018.

7. 沃伦·弗伦奇.约翰·斯坦贝克[M].王义国，译.沈阳：春风文艺出版社，1995.

8. 杰伊·帕里尼.约翰·斯坦贝克传[M].马静静，陈玉洪，译.南京：江苏人民出版社，2018.

9. 斯坦贝克.斯坦贝克日记选[M].邹蓝，译.天津：百花文艺出版社，1992.

10. 约翰·斯坦贝克.烦恼的冬天[M].吴钧燮，译.上海：上海译文出版社，2004.

11. 卡静.现代美国文艺思潮（上下卷）[M].冯亦代，译.上海：晨光出版公司，1949.

12. 马库斯·坎利夫.美国的文学[M].方杰，译.香港：今日世界出版社，1975.

13. 杨仁敬.20世纪美国文学史[M].青岛：青岛出版社，2000.

14. 毛信德.美国小说史纲[M].北京：北京出版社，1988.

15. 美国国务院.美国文学概况[M].杨俊峰，等，译.沈阳：辽宁教育出版社，2003.

16. 史坦贝克.史坦贝克小说杰作选[M].杨耐冬，译.台湾：台湾志文出版社，1982.

17. 约翰·斯坦贝克.美国与美国人[M].黄湘中，译.广州：花城出版社，1989.

18. 约翰·斯坦贝克.伊甸之东[M].王永年，译.上海：上海译文出版社，2004.

19. 约翰·斯坦贝克.愤怒的葡萄[M].胡仲持，译.上海：上海译文出版社，2004.

20. 约翰·斯坦贝克.斯坦贝克携犬横越美国[M].麦慧芬，译.重庆：重庆出版社，2005.

21. 约翰·斯坦贝克.煎饼坪[M].张健，译.人与鼠.上海：上海译文出版社，2004.

22. 约翰·斯坦贝克.罐头厂街[M].李玉陈，译.斯坦贝克选集·中短篇小说选·二.北京：人民文学出版社，1984.

23. 约翰·斯坦贝克.月亮下去了[M].赵家璧，译.南昌：江西人民出版社，1984.

24. 约翰·斯坦贝克.人鼠之间[M].董衡巽，译.桂林：漓江出版社，1989.

25. 约翰·斯坦倍克.人鼠之间[M].秦似，译.桂林：漓江出版社，1981.

26. 约翰·史坦贝克.人鼠之间 [M].楼风，译.重庆：东方书社，1943.

27. 约翰·斯坦贝克.托蒂亚平地[M].章锦南，译.长沙：湖南人民出版社，1985.

28. 约翰·斯坦贝克.战地随笔[M].朱雍，译.长沙：湖南人民出版社，1985.

29. 约翰·斯坦贝克.斯坦贝克作品精粹[M].朱树飏，选编.石家庄：河北教育出版社，1994.

30. 刘岩.中国文化对美国文学的影响[M].石家庄：河北人民出版社，1999.

31. 林语堂. 中国印度之智慧（中国卷）[M]. 西安：陕西师范大学出版社，2006.

32. 马祖毅，任荣珍. 汉籍外译史[M]. 武汉：湖北教育出版社，2003.

33. 闻一多. 神话与诗[M]. 天津：天津古籍出版社，2008.

34. 赵毅衡. 诗神远游[M]. 上海：上海译文出版社，2003.

35. 赵毅衡. 远游的诗神[M]. 成都：四川人民出版社，1985.

36. 周发祥，李岫. 中外文学交流史[M]. 长沙：湖南教育出版社，1999.

37. 爱克曼. 歌德谈话录[M]. 朱光潜，译. 北京：人民文学出版社，1991.

38. 赛珍珠. 大地三部曲[M]. 王逢振，等，译. 桂林：漓江出版社，1998.

39. 龚伯洪. 广府华侨华人史[M]. 广州：广东高等教育出版社，2003.

40. 陈依范. 美国华人史[M]. 北京：世界知识出版社，1987.

41. 吴景超. 唐人街：共生与同化[M]. 筑生，译. 郁林，校. 天津：天津人民出版社，1991.

42. 老子. 老子今注今译[M]. 陈鼓应，注译. 北京：商务印书馆. 2003. 12. 北京商务重排版序.

43. 楼宇烈，张西平. 中外哲学交流史[M]. 长沙：湖南教育出版社，1998.

44. 荣格. 回忆 梦 思考：荣格自传[M]. 刘国斌，杨德友，译. 沈阳：辽宁人民出版社，1988.

45. 詹姆斯·罗宾森. 尤金·奥尼尔和东方思想：一分为二的心象[M]. 郑柏铭，译. 沈阳：辽宁教育出版社，1997.

46. 宋兆霖.《诺贝尔文学奖文库》授奖词与授奖演说卷（上）[C]. 杭州：浙江文艺出版社，1998.

47. 孙以楷. 老子通论[M]. 合肥：安徽大学出版社，2004.

48. 叶维廉. 道家美学与西方文化[M]. 北京：北京大学出版社，2002.

49. 仇华飞. 早期中美关系研究（1784—1884）[M]. 北京：人民出版社，2005.

50. 姜智芹. 镜像后的文化冲突与文化认同：英美文学中的中国形象[M]. 北京：中华书局，2008.

51. 宋伟杰. 中国·文学·美国：美国小说戏剧中的中国形象[M]. 广州：花城出版社，2003.

52. 哈罗德·伊萨克斯. 美国的中国形象[M]. 于殿利，陆日宇，译. 北京：

时事出版社，1999.

53. 郭英剑.赛珍珠评论集[M].桂林：漓江出版社，1999.

54. 吕浦."黄祸论"历史资料选辑[M].北京：中国社会科学出版社，1979.

55. 爱德华·C.斯图尔特，密尔顿·J.贝内特.美国文化模式[M].卫景宜，译.天津：百花文艺出版社，2000.

56. 周宁.鸦片帝国[M].北京：学苑出版社，2004.

57. 曾艳兵.卡夫卡与中国文化[M].北京：首都师范大学出版社，2006.

58. 钟玲.中国禅与美国文学[M].北京：首都师范大学出版社，2009.

59. 徐颖果.跨文化视野下的美国华裔文化[M].天津：南开大学出版社，2008.

60. 吕锡琛.道家与民族性格[M].长沙：湖南大学出版社，1996.

61. 乐黛云.文化传递与文学形象[M].北京：北京大学出版社，1999.

62. 艾田蒲.中国之欧洲[M].许钧，等，译.郑州：河南人民出版社，1992.

63. 朱谦之.中国哲学对于欧洲的影响[M].福州：福建人民出版社，1983.

64. 庄子今注今译[M].陈鼓应，注释.北京：中华书局，1983.

65. 刘绪贻.美国通史[M].北京：人民出版社，2008.

66. 弗雷泽.金枝[M].徐玉新，译.北京：中国民间文艺出版社，1987.

67. 卫景宜.西方语境的中国故事[M].杭州：中国美术学院出版社，2002.

68. 庄子全译[M].张耿光，译注.贵阳：贵州人民出版社，1991.

69. 乐黛云.独角兽与龙：在寻找中西文化普遍性中的误读[M].北京：北京大学出版社，1995.

70. 史景迁.文化传递与文学形象[M].廖世奇，等，译.北京：北京大学出版社，1997.

71. 顾彬.关于"异"的研究[M].北京：北京大学出版社，1997.

72. 王文正.中国石玩石谱[M].北京：气象出版社，1996.

73. 赵一凡，张中载，李德恩.西方文论关键词[M].北京：外语教学与研究出版社，2006.

74. 罗钢，刘象愚.文化研究读本[M].北京：中国社会科学出版社，

2000.

75. 茅盾.茅盾全集[M].北京：人民文学出版社，1996.

76. 黄俊英.二次大战的中外文化交流史[M].重庆：重庆出版社，1991.

77. 钟玲.史耐德与中国文化[M].北京：首都师范大学出版社，2006.

78. 林语堂.林语堂经典作品选[M].北京：当代世界出版社，2002.

79. 叶舒宪.神话：原型批评[M].西安：陕西师范大学出版总社有限公司，2012.

80. 卡尔·古斯塔夫·荣格.心理学与文学[M].冯川，等，译.南京：译林出版社，2011.

81. 约翰·斯坦贝克.烦恼的冬天[M].吴均燮，译.上海：上海译文出版社，2004.

82. 詹姆斯·乔治·弗雷泽.金枝[M].徐育新，等，译.北京：大众文艺出版社，1998.

83. 马勒茨克.跨文化交流：不同文化的人与人之间的交往[M].潘亚玲，译.北京：北京大学出版社，2001.

84. 王建开.五四以来我国英美文学作品译介史：1919—1949[M].上海：上海外语教育出版社，2003.

85. 靳明全.重庆抗战文学与外国文化[M].重庆：重庆出版社，2006.

86. 黄群英.现代四川期刊文学研究[M].成都：四川大学出版社，2010.

87. 孙致礼.1949—1966：我国英美文学翻译概论[M].南京：译林出版社，1996.

88. 查明建，谢天振.中国20世纪外国文学翻译史[M].武汉：湖北教育出版社，2007.

89. 李宪瑜.20世纪中国翻译文学史[M].天津：百花文艺出版社，2009.

90. 茅盾.茅盾文艺杂论集[M].上海：上海文艺出版社，1981.

91. 陈苏华.饮食文化导论[M].上海：复旦大学出版社，2013.

92. 冯亦代.冯亦代自述[M].郑州：大象出版社，2003.

93. 包起权.残雪[M].重庆：正中书局，1945.

94. 周丹丹. 约翰·斯坦贝克在中国的译介：1949—1976[D]. 北京外国语大学，2015.

95. 刘杰. 约翰·斯坦贝克"工人三部曲"的生态解读[D]. 四川外国语大学，2016.

二、英文

1. Jackson J. Benson. The Short Novels of John Steinbeck[C]. Durbain and London：Duke University Press，1990.

2. Demott，Robert. Steinbeck's Reading：A Catalogue of Books Owned and Borrowed[M]. New York：Garland，1984.

3. John Steinbeck：Sweet Thursday[M]. New York：Penguin Group， 1996.

4. Steinbeck，John. Sea of Cortez：A Leisurely Journal of Travel and Research[M]. Mount Vernon，N. Y：Paul P. Appel Publisher，1941.

5. Steinbeck，John. Journal of a Novel：The East of Eden Letters[M]. New York：Viking Press，1969.

6. Steinbeck，Elanine & Robert Wallsten. eds. John Steinbeck：A Life in Letters[M]. New York：The Viking Press，1975.

7. Joseph R. McElrath. John Steinbeck：The Contemporary Reviews [C]. Cambridge：Cambridge University Press，1996.

8. Jay Parini. John Steinbeck：A Biography[M]. London：William Heinemann Ltd，1994.

9. Steinbeck，John. The Grapes of Wrath and Other Writings[M]. New York：Literary Classics of the United States，Inc.，1996.

10. Steinbeck，John. The Pastures of Heaven[M]. Viking Press，1932.

11. Steinbeck，John. Tortilla Flat[M]. New York：Penguine Books，1997.

12. Steinbeck，John. The Grapes of Wrath[M]. New York：Viking Press，1939.

13. Steinbeck，John. Cannery Row[M]. London：Mandarin Paperbacks，1990.

14. Steinbeck，John. The Red Pony[M]. London：Mandarin Paperbacks，1990.

15. Steinbeck, John. The Pearl[M]. London: Mandarin Paperbacks, 1990.

16. Steinbeck, John. A Russian Journal[M]. New York: Viking Press, 1948.

17. Steinbeck, John. The Log From the Sea of Cortez[M]. London: William Heinemann Ltd, 1958

18. Steinbeck, John. East of Eden[M]. London: Mandarin Paperbacks, 1990.

19. Steinbeck, John. Travel with Charley in Search of America[M]. New York: Viking Press, 1962.

20. Steinbeck, John. America and Americans and Selected Nonfiction[M]. New York: Viking Press, 2002.

21. Steinbeck, John. Once There Was a War[M]. London: William Heinemann Ltd, 1959.

22. Kyoko Ariki, Luchen Li and ScottPugh, eds. John Steinbeck's Global Dimensions[C]. Lanham, Md. : Scarecrow Press, 2008.

23. Jr. Tedlocketal, eds. Steinbeck and His Critics[C]. New Mexico: University of New Mexico Press, 1957.

24. Frederick Hoffman. The Modern Novel in America: 1900—1950[M]. Chicago: Henry Regenery Company, 1951.

25. Edmund Wilson. The Boys in the Back Room: Notes on California Novelists[M]. San Francisco: ColtPress, 1941.

附　录

附录一：斯坦贝克年表

1902 年　约翰·斯坦贝克于 2 月 27 日生于加利福尼亚州塞利纳斯市。

1919 年　毕业于塞利纳斯中学。

1920 年　入斯坦福大学主修英语，断断续续就学。

1925 年　未获学位而从斯坦福大学退学；去纽约，并在纽约受雇于《美国人报》。

1929 年　《金杯》出版。

1930 年　与埃德·里基茨相遇，与卡罗尔·亨宁结婚，移居太平洋丛林市。

1932 年　《天国牧场》出版。

1933 年　《致一位未知的神》出版，《小红马》的第一部分和第二部分在《北美评论》上发表。

1934 年　《谋杀》被收进《欧·亨利奖短篇小说集》；母亲去世。

1935 年　《煎饼坪》出版。

1936 年　《胜负未决》出版，《收获季节的吉卜赛人》在《旧金山新闻》上发表；父亲去世。

1937 年　《人鼠之间》出版；被选为该年度十大杰出青年之一；首次访问欧洲。

1938 年　《长谷》出版，《他们热血沸腾》出版。

1939 年　《愤怒的葡萄》出版；被选为全国文艺学院院士。

1940 年　《愤怒的葡萄》获普利策小说奖；与埃德·里基茨一同访问加利福尼亚湾；《被忘却的村庄》在墨西哥拍成电影，《愤怒的葡萄》的电影脚本和《人鼠之间》的电影脚本发表。

1941 年 《科尔特兹的航海生活》出版。

1942 年 《把他们炸跑》出版,《月亮下去了》出版;与卡罗尔·亨宁离婚。

1943 年 3 月 29 日与格温多琳·康格在新奥尔良结婚;作为《纽约先驱论坛报》的驻外记者访问欧洲战区。

1944 年 8 月 2 日长子汤姆诞生。

1945 年 《罐头厂街》出版,影片《本尼的奖章》拍摄完成,《世界的珍珠》在月刊《妇女家庭良伴》上发表。

1946 年 6 月 12 日次子约翰第四诞生。

1947 年 《珍珠》小说出版、影片拍摄成功,《不称心的客车》出版;8 月至 9 月与罗伯特·凯帕同访俄国。

1948 年 《俄国日志》(*A Russian Journal*)出版;与格温多琳·康格离婚;埃德·里基茨遇难,被选为美国文艺研究院院士。

1949 年 影片《小红马》拍摄完成。

1950 年 《灼热》(小说与剧本)出版,影片《扎帕塔万岁!》摄成;12 月 29 日与伊莱恩·斯科特结婚。

1951 年 《〈科尔特兹的航海生活〉的航海日志》发表,其中包括导言《埃德·里基茨二三事》。

1952 年 《伊甸之东》出版,为《柯里尔氏》双周刊撰写欧洲通讯。

1954 年 《甜蜜的星期四》出版。

1955 年 《白日梦》(此为罗杰斯和哈默斯坦根据《甜蜜的星期四》改编的音乐喜剧)问世;在塞格港购置房产。

1957 年 《皮蓬四世的短暂统治时期》出版。

1958 年 《曾经有场战争》(此为一部战时快讯集)出版。

1960 年 从劳工节至感恩节与长卷毛狗查利在美国进行了为期三个月的旅行。

1961 年 《我们不安的冬天》出版。

1962 年 《寻找美国的查利偕行记》出版;获诺贝尔文学奖。

1963 年 按照美国文化交流计划的安排与爱德华·阿尔比同访欧洲。

1964 年 由总统林登·B.约翰逊授予美国自由勋章。

1965 年 11 月开始为《每日新闻》撰写《致艾丽西亚信》。

1966 年 《美国与美国人》出版，美国约翰·斯坦贝克学会组建完成。

1968 年 12 月 20 日在纽约市逝世。

1969 年 《小说日志：有关〈伊甸之东〉的信件》出版。

1974 年 为了纪念斯坦贝克诞辰 72 周年，其在加利福尼亚州塞利纳斯市中心大街和石街路口的童年故居被作为博物馆兼餐馆面向公众开放。

1976 年 《亚瑟王及其高贵的骑士的行为》（此为马洛礼的《亚瑟王之死》的现代改写本）出版，未译完。

附录二：斯坦贝克主要作品英文、中文对照表

英文	中文	出版时间
Cup of Gold	《金杯》	1929
The Pastures of Heaven	《天堂牧场》	1932
To a God Unknown	《致一位未知的神》	1933
The Red Pony	《小红马》	1933
The Murder	《谋杀》	1934
Tortilla Flat	《煎饼坪》	1935
In Dubious Battle	《胜负未决》	1936
Of Mice and Men	《人鼠之间》	1937
The Long Valley	《长谷》	1938
The Grapes of Wrath	《愤怒的葡萄》	1939
The Log from the "sea of Cortez"	《〈科尔特兹的航海生活〉的航海日志》	1941
The Forgotten Village	《被遗忘的村庄》	1941
Bombs Away	《轰炸》	1942
The Moon Is Down	《月落》	1942
Lifeboat	《救生船》	1944
Cannery Row	《罐头厂街》	1945
The Pearl	《珍珠》	1947
The Wayward Bus	《任性的公车》	1947
A Russian Journal	《斯坦贝克俄罗斯纪行》	1948
The Burning Bright	《烈焰》	1950
East of Eden	《伊甸之东》	1952
Sweet Thursday	《甜蜜的星期四》	1954
The Short Reign of Pippin IV.	《比宾四世瞬息王朝》	1957
Once There Was a War	《战地随笔》	1958
The Winter of Our Discontent	《烦恼的冬天》	1961
Travels with Charley in Search of America	《斯坦贝克携犬横越美国》	1962
America and Americans	《美国与美国人》	1966
Journal of a Novel，The East of Eden Letters	《伊甸园东写作日记书信录》	1969

后　记

从我第一次接触到斯坦贝克的作品到现在，已经历经了十几个春秋，随着对斯坦贝克其人其作的不断深入了解以及新的资料不断出现，我对研究这个课题的信心也在不断增强。在成书的过程中，我得到了许多师友和亲人的热情帮助，在这里一一表示感谢。

感谢导师曾艳兵教授，是他带我走上了真正的问学之路，他是国内研究卡夫卡的知名学者，为我的研究率先垂范，并提供了许多宝贵的意见和建议！

感谢孟昭毅教授、黎跃进教授、王志耕教授、王立新教授、曾思艺教授和李欧梵教授在本书写作过程中给予我的指导！

感谢冯晓慧老师、水涓老师和张涛老师为本书前期成果的发表提供的帮助。感谢天津市哲学社会科学规划项目对于前期论文发表的资助！感谢南开大学出版社的李波编辑对本书的耐心修改！

感谢宋德发教授、迟欣教授、洪春梅博士、牛宏宇博士、任媛博士以及重庆市图书馆地方文献阅览室的老师们在查找和翻译资料方面对我提供的帮助！

感谢赵利民教授及甘丽娟教授在学习、工作和生活方面对我的关心和鼓励！

感谢家人特别是爱人杨杰对我写作的大力支持！

作为一位曾经在中国享有盛誉的作家，斯坦贝克对中国现当代作家也产生了不小的影响，这一方面目前只有零星的文章提及，缺乏全面、深入和细致的挖掘和研究；另外，我国台湾地区的斯坦贝克研究也有丰富的成果，但是由于资料的储备还不够充分，因此这本书里没有涉及此方面的内容。然而不容置疑的是，上述这些方面都是中国的斯坦贝克研究中不可或缺的部分，笔者今后将会继续这方面的研究。

斯坦贝克的作品是一座宝藏，因为时间、精力和学力有限，我只是刚刚接触到了表层，今后还有许多值得挖掘的地方，因此，将来的研究还会继续。

王世欣

2019 年 5 月 10 日于天津